DAVID LEVITHAN   JENNIFER NIVEN

Tradução
ALESSANDRA ESTECHE

10 SEGUINTE

Copyright © 2021 by David Levithan e Jennifer Niven
Tradução publicada mediante acordo com a Random House Children's Books,
uma divisão da Penguin Random House LLC.

O selo Seguinte pertence à Editora Schwarcz S.A.

Grafia atualizada segundo o Acordo Ortográfico da Língua Portuguesa de 1990,
que entrou em vigor no Brasil em 2009.

TÍTULO ORIGINAL Take Me With You When You Go
CAPA Ale Kalko
ILUSTRAÇÃO DE CAPA PriWi
PREPARAÇÃO Mariana Oliveira
REVISÃO Marise Leal e Jaqueline Martinho dos Santos

Dados Internacionais de Catalogação na Publicação (CIP)
(Câmara Brasileira do Livro, SP, Brasil)

Me leve com você / David Levithan, Jennifer Niven ;
tradução Alessandra Esteche. — 1ª ed. — São Paulo :
Seguinte, 2022.

Título original: Take Me With You When You Go.
ISBN 978-85-5534-199-1

1. Ficção norte-americana I. Niven, Jennifer. II. Título.

22-101216   CDD-813

Índice para catálogo sistemático:
1. Ficção : Literatura norte-americana   813
Eliete Marques da Silva – Bibliotecária – CRB-8/9380

[2022]
Todos os direitos desta edição reservados à
EDITORA SCHWARCZ S.A.
Rua Bandeira Paulista, 702, cj. 32
04532-002 — São Paulo — SP
Telefone: (11) 3707-3500
www.seguinte.com.br
contato@seguinte.com.br

Agradeço a todos os livreiros independentes, especialmente ao pessoal da Little City Books (minha livraria local que me ajudou a superar a pandemia), da Books of Wonder (pelos quase vinte anos de apoio que duram até hoje) e da Avid Bookshop (minha livraria local, apesar de eu não morar nem um pouco perto dela).
— D.L.

Para Joe e Angelo, irmãos do meu coração. Eu amo vocês mais que Harry Styles, ABBA e pipoca. E mais que as palavras — amo vocês mais que as palavras.
— J.N.

As far as you take me
That's where I believe.
[Até onde você me levar
É lá que eu acredito]

— The Smashing Pumpkins,
"Porcelina of the Vast Oceans"

Assunto: Você. Sumiu.
De: e89898989@ymail.com
Para: b98989898@ymail.com
Data: seg., 25 de mar. 12:12 (Horário Padrão do Leste)

Querida Bea,

Eu não estou com raiva de você. Eu não te culpo. Mas acho que você me deve uma explicação.

Sei que você foi embora. Todos sabemos que você foi embora. Acho que, no instante em que a mãe entrou no seu quarto e viu como você o deixou, nós soubemos. Que belo *foda-se* para ela e para o Darren: uma cama perfeitamente arrumada. Como se ela nunca tivesse sido usada. Como se você nunca tivesse posto os pés aqui. Quantas vezes eles gritaram com você para que arrumasse a cama? Quantas vezes você disse que não arrumaria? (Dica: A resposta para as duas perguntas é a mesma.) E agora: Você deixou tudo arrumadinho, nos trinques.

Nenhum bilhete. Nenhuma palavra.

Eu sei. Eu procurei.

Não fui eu que encontrei seu quarto daquela maneira. Eu estava sentado à mesa da cozinha, tentando comer o cereal de um jeito que não irritasse o Darren. De repente a mãe começou a gritar seu nome. Sem parar, primeiro com raiva, depois com outra coisa — talvez 10% de medo. (No máximo isso, mais ou menos 10%.) Admito que não levei muito a sério, já que nenhuma manhã estaria completa sem vocês duas brigando. Darren também continuou comendo a torrada normalmente. Mas então a mãe entrou com tudo na cozinha e me atacou: "Onde está a sua irmã? Me diga agora mesmo".

Se eu fosse você, teria respondido mais ou menos com "E como é que eu vou saber, cacete?" ou "Não é um pouco cedo para essa merda, mãe?". Mas todos nós sabemos que não sou você, então na hora falei "Eu não sei eu não sei eu não sei... o que está acontecendooooooo?", parecendo culpado, embora estivesse tentando muito parecer inocente. Então ela virou para o Darren e disse "Ela sumiu", e ele respondeu "Como é que ela pode ter sumido?".

Como resposta, fizemos uma viagem em família até o seu quarto. Foi quando eu vi sua cama e pensei: *Caramba. Ela foi embora.*

Eu não ia dizer nada além disso, mas eles me pegaram observando o quarto, e o Darren logo veio para cima de mim, perguntando o que mais tinha sumido. Eu disse que sua mochila não estava em lugar nenhum e que os livros da escola estavam empilhados ao lado da lixeira. (Mandou bem.) Além disso — o que foi o maior choque —, seu celular estava largado em cima da cômoda. Supostamente para que não pudéssemos te rastrear.

A mãe e o Darren agiram como se fosse necessário ter informação privilegiada para fazer essa observação, e o interrogatório continuou. Mas eu não cedi. Espera... Acho que cedi, sim. Mas eles logo viram que eu não tinha nada de mais para falar. Você tinha me deixado no vácuo também.

Talvez eles tivessem continuado em cima de mim, afinal não havia mais nada que pudessem fazer, ou pelo menos não estavam conseguindo pensar em mais nada. Mas naquele momento fomos pegos de surpresa por uma buzina lá fora. E admito, embora não tenha ficado surpreso ao descobrir que você havia ido embora, ver Joe na frente de casa, vindo te buscar, me deixou de queixo caído. Porque isso queria dizer que você tinha abandonado ele também.

Acho que nem preciso descrever a emboscada que veio depois. O Darren arrastando o coitado do Joe para fora do carro até a cozinha. Obrigando ele a sentar, fazendo centenas de perguntas. E o Joe sentado ali, percebendo que a namorada tinha desaparecido. Você é a vida dele, Bea. Você sabe disso. E logo o *Darren* estava dizendo que a vida dele tinha saído por aquela porta. Tchauzinho.

Embora o Darren estivesse aos berros mandando Joe olhar para ele, só para ele, o Joe ficava olhando para mim, implorando que eu dissesse que aquilo não estava acontecendo de verdade, que eu tinha uma mensagem secreta sua, as coordenadas de um ponto de encontro onde você estaria esperando.

Tudo o que eu podia fazer era balançar a cabeça, dizendo que não.

Depois de um tempo, a mãe e o Darren se convenceram de que o Joe não sabia de nada. E sabe de uma coisa? Isso deixou os dois ainda mais irritados. Como se estivessem indignados com a injustiça que você estava cometendo com ele, como se fossem fãs do Joe desde criancinha. E, na verdade, eles provavelmente gostam mesmo mais dele do que de você ou de mim. Mas isso não é bem uma grande vitória.

A mãe disse ao Joe "Agora você está vendo como ela é uma mentirosa", como se eles estivessem do mesmo lado, como se ela estivesse dando um conselho materno para ele. Não entendi nada. Mas, é claro, desde que a mãe começou a namorar o Darren, eu desisti de entender o que ela faz. Já entender o Darren é fácil demais, mas não ajuda muito. Quando as coisas não saem como ele quer, ele grita. Como você bem sabe.

Mencionei educadamente que era hora de ir para a escola, então eu precisava subir e pegar minhas coisas. Me senti mal por deixar o Joe sozinho com a mãe e o Darren, mas parecia não haver outro jeito.

Assim que entrei no quarto, soube exatamente onde procurar. Acho que você pensou que demoraria mais tempo, mas não demorou. Você sabe exatamente o que encontrei. E o que não encontrei.

Olha, eu não culpo você por ter levado o dinheiro. Não estou nem um pouco surpreso. Na verdade, vou confessar que tenho mais de um esconderijo. Eu tinha te contado sobre um deles, e nunca coloquei nada lá que eu não aceitasse que você roubasse. (Não vou dizer *emprestar*, mesmo tendo certeza de que você quer que eu encare a situação dessa forma. Não estou esperando receber nenhum dinheiro de volta.)

A grande questão, enquanto eu levantava o suporte das cartas de beisebol, não era que você tinha roubado seu irmão mais novo. Era se você tinha deixado algo em troca.

E deixou. Esse endereço de e-mail.

Admito que eu nem sabia que esse tal de ymail existia. Ninguém mais vai saber desse endereço, pode confiar, e (como você pode ver) criei meu próprio e-mail para resposta, só para você. Entendo as regras envolvidas aqui. Se você fosse embora sem deixar um contato, eu nunca te perdoaria. Nunca. Mas assim está tudo bem por mim, eu acho. Desde que você me conte o que aconteceu.

A mãe e o Darren estavam ocupados demais interrogando o Joe e nem perceberam quando eu voltei de fininho para a cozinha. Em defesa do Joe, ele estava fazendo perguntas também: Chamaram a polícia? Entraram em contato com Sloane? Algum dos carros tinha sumido?

A última pergunta fez o Darren sair correndo, com uma cara que deixava bem claro que ele culparia o Joe se algum dos carros tivesse sumido. Enquanto ele verificava, a mãe disse que não, ninguém ia chamar a polícia. A Beatrix não tinha sido *sequestrada*. Ela não estava *em perigo*. Ou, se estivesse, a culpa era só dela.

— Temos que ir para a escola — repeti.

Mas não seríamos liberados enquanto Darren não voltasse dizendo que os carros estavam seguros na garagem. Não mencionei que as duas chaves estavam no balcão da cozinha, o que teria poupado a viagem.

Joe e eu estávamos liberados. Fomos até o carro em silêncio. Ainda estávamos com medo de que a mãe e o Darren ouvissem. Só quando já estávamos seguros lá dentro e eu colocava o cinto de segurança, o Joe perguntou:

— Ela foi embora mesmo?

E eu tive que dizer, é, pelo visto sim.

Nessa hora fiquei com raiva de você. Porque o Joe estava tremendo. Ele não queria chorar na minha frente. Ele não queria ser esse cara, não dentro do próprio carro. Mas ali estávamos, eu sentado no banco que sempre foi seu. Era como se você tivesse me mandado para terminar com ele, e daí que você tinha me dado um pé na bunda também? Porque era o Joe que você deveria ter levado, e não levou. E está claro que você nem convidou. Não sei o que ele fez para merecer isso.

Não contei sobre o e-mail. Nem quando ele perguntou se eu sabia onde você estava. Laços de sangue são mais importantes, eu acho. O sangue, inclusive, deixa uma mancha que não sai por nada.

Nos agarramos à esperança de que a Sloane saberia de alguma coisa, que você teria deixado alguma orientação com ela. Talvez você estivesse na casa dela, esperando que a gente te encontrasse lá. O Joe e eu tentamos ligar e mandar mensagem, mas ficamos sem resposta. Eu meio que entendia ela não me responder; não dava para descartar a hipótese de que a mãe e o Darren confiscassem meu celular para rastrear você. Mas as ligações do Joe? Eu não entendia por que ela não estava atendendo.

Tentei tranquilizar o cara, dizendo que você já tinha fugido de casa antes, que chamava isso de "dar um tempo" e nunca ia tão longe. Como a vez em que ficou em um hotel em Columbus e invadiu uma convenção forense até um dos consultores reclamar que você estava distraindo a equipe dele.

Eu achava que essa notícia ia acalmar um pouco o Joe, mas ele nunca tinha ouvido nenhuma dessas histórias antes, e só acabou se sentindo mais otário. Sem querer, eu estava enfatizando que ele mal conhecia você; o que era estranho, porque eu achava que ele te conhecia melhor do que eu, considerando o tempo que vocês passaram juntos nos últimos anos.

Talvez eu não tenha sido muito convincente quando disse que você sempre voltava. Porque as outras vezes não foram como esta. Não sei explicar. Eu vi aquela cama e soube que seu plano era ir embora para sempre. O fato de você ter limpado meu esconderijo confirmava tudo. Você não teria feito isso se não precisasse muito, muito, né?

Joe e eu fomos para a escola, e eu estava convencido de que sabíamos de uma coisa que ninguém mais sabia, pelo menos não por enquanto. Todos andavam pela escola pensando que você ainda estava com a gente, ainda fazia parte daquele lugar. "É", imagino você dizendo, "como se eles prestassem muita atenção em mim quando eu estava lá". Mas algumas pessoas prestavam. O Joe disse que ia procurar pela Sloane, e eu disse que faria o mesmo, embora da minha posição de aluno do primeiro ano fosse mais difícil encontrar alguém do último. Tenho certeza de que um detetive perguntaria: "Bom, por que não procuraram pela *Bea* quando chegaram à escola?". Mas nenhum de nós dois achou que você estaria aqui. De todos os lugares do mundo, este é o último para onde você fugiria.

O Terrence estava me esperando no meu armário, como sempre. E nos beijamos quando nos vimos, como sempre. Ele perguntou como eu estava... como sempre. E eu pensei: *Este é o início de tudo. Se eu contar para outra pessoa, a nova realidade vai começar.* Eu queria mentir para ele. Mas, ao mesmo tempo, se nossa família me ensinou alguma coisa, é que as mentiras voltam para nos assombrar, e é mais fácil as pessoas perdoarem na hora do que se descobrirem depois que estavam sendo enganadas. Ver o estado de Joe me fez querer poupar o Terrence de passar por algo parecido. Então contei pra ele a versão mais resumida. Fiz tudo parecer menos definitivo do que provavelmente é. Mas não fingi que não tinha acontecido.

Também não contei sobre o esconderijo, ou o dinheiro que tinha sumido, ou este e-mail. Prometo não contar essas coisas para ninguém.

O Terrence ficou preocupado, me perguntando se eu estava bem, se ele podia ajudar. Eu disse para ele que estava aberto a sugestões e que estava sentindo várias coisas diferentes ao mesmo tempo: estava triste, e confuso, e estranhamente aliviado e profundamente abalado.

Como ele é um amor, fingiu entender. Ele tem seus próprios problemas, tipo a família fazer vista grossa para o fato de ele ser gay, mas eu nunca deixei que ele visse de verdade o quanto nossa família é zoada.

Demos um beijo de despedida, como sempre. Fui para a aula. Em sua homenagem, Bea, não prestei atenção.

(Sei que isso não é justo. Sei que você se importava com algumas coisas.)

Agora é hora do almoço, e estou em um dos computadores da biblioteca, tomando cuidado para que a sra. Goldsmith não espie por trás de mim e veja o que estou digitando. Ainda não encontramos a Sloane, embora o Joe tenha conversado com pessoas que a viram na escola hoje, então sabemos que ela não está com você. Acho que o Joe ficou decepcionado, mas faz sentido pra mim você ter ido sozinha.

Coitado do Joe. Coitada da Sloane. Coitado de mim.

Você sabe o quanto isso vai ser difícil, né? Tem noção da situação em que me deixou? E embora eu esteja feliz, acho, por você ter me dado ao menos a chance da negação plausível ("Sério, Darren, eu não sabia!"), algum tempo para me preparar também não seria má ideia.

E uma despedida. Uma despedida seria ótimo.

Mas por enquanto vou me contentar se você me disser onde está. Se confiou em mim a ponto de me deixar esse endereço de e-mail, tem que confiar em mim a ponto de me deixar saber onde está e que está bem. Se não a primeira parte, pelo menos a segunda. É fácil para você, afinal sabe onde eu estou. Pode imaginar exatamente o que estou fazendo. Sabe de que computador estou escrevendo, o mesmo em que você me encontrou o ano todo, quando a biblioteca já estava quase fechando e era hora de procurar outro lugar para irmos em vez de voltar para casa. Você sabe como vai ser quando eu voltar e a mãe e o Darren gritarem mais um pouco comigo. Você sabe — deve saber — que a expressão de decepção e de mágoa vai ficar no rosto do Joe por um bom tempo. Eu sei que você presta atenção. Você sabe coisas que eu não sei. E também sabe um monte de coisas que *eu sei*. Se concentre nelas um tempinho.

Espero que não tenha sido alguma coisa que eu fiz. Não quero ser o motivo de você ter escolhido o dia de hoje, de não ter esperado mais dois meses até a sua formatura. Não acho que eu seja o motivo, mas preciso botar isso para fora.

O almoço está quase no fim. Vou clicar em enviar. Vou apagar meus rastros com todo o cuidado para garantir que ninguém encontre esses e-mails. Então você pode responder.

Sério, Bea. Responde. Vai ser muito difícil enfrentar o seu desaparecimento sem você.

Sei que você nunca precisou de mim, Bea. Mas que se foda, eu preciso muito de você.

Responde.
Ezra

Assunto: Eu.
De: Bea <b98989898@ymail.com>
Para: Ezra <e89898989@ymail.com>
Data: ter., 26 de mar. 02:32

Querido Ez,

Ainda estou respirando, se é isso que você quer dizer com "estar bem". E não, não posso te dizer para onde vim ou por quê.

O que posso te dizer é que, sim, fui embora para sempre.

Adeus, Hidden Valley Circle. Adeus, Indiana.

Incrível como é fácil. Quando eu soube que iria embora, pesquisei na internet "como fugir de casa" e encontrei todas as informações.

1. Só fuja se tiver certeza absoluta. (Feito.)
2. Planeje com antecedência. (Feito.)
3. Levar um amigo pode ajudar ou atrapalhar? (Obviamente concluí que ia atrapalhar.)
4. Leve pouca coisa. (Feito.)
5. Viva em um lugar onde consiga se virar. (Eles avisam para não ficar em uma floresta, especificamente, porque "a natureza é cruel". É óbvio que quem escreveu isso nunca morou com a mãe ou o Darren.)
6. Saia em um horário em que não vai ser visto ou percebido. (Feito.)
7. Não leve o celular ou qualquer outro aparelho que possa ser usado para rastrear você. (Feito.)
8. Crie uma identidade falsa. (Feito.)
9. Não deixe nenhum indício. (Feito.)

10. Antes de fugir, aja naturalmente. (Feito.)

11. Corte qualquer contato e não olhe para trás. (Feito. Quase.)

Aproveitando, fugir de casa é exatamente o que todos esperam de Beatrix Ahern. Claro, vão ficar chateados por um tempo, mas em uns dois meses já vão estar dizendo "O que você esperava? Aquela ali não tinha mais jeito". Espera só. Acho que até queria estar aí para ver.

Desculpa pelo dinheiro. E desculpa ir embora sem me despedir. A ideia nunca foi tocar o *foda-se* para você. De todas as pessoas na minha vida, você seria a última com quem eu faria isso. Foi por isso que quebrei as regras e criei esse e-mail. Se não fosse por você, eu nem olharia para trás.

O que eu também posso te dizer é que:

Eu não fui embora pelos motivos que você está pensando.

Não estou surpresa por Sloane evitar as ligações do Joe.

Pode ficar com pena do Joe, mas não exagera. Vai por mim.

Se ficar pesado demais viver com a mãe e o Darren, vai ficar com o Terrence. Promete isso.

Para de se sentir culpado. Quanto antes se livrar da culpa, melhor.

E não pensa mais em mim como Beatrix. "Beatrix" é a vida antiga. Vida nova, nome novo, ou pelo menos emprestado por um tempo. Aliás, não vou te contar, para que você não tente me encontrar. Você é meu irmãozinho, e eu te amo, mas sempre vou estar um passo à sua frente.

Um beijo,

Eu

p.s. Use sempre navegação anônima. NUNCA use o preenchimento automático. Mesmo quando estiver no seu celular.

Assunto: Você. Sumiu.
De: Ezra <e89898989@ymail.com>
Para: Bea <b98989898@ymail.com>
Data: qua., 27 de mar. 07:45

Querida BEATRIX,

Vou continuar te chamando de Bea, não importa o nome que escolha. Você pode querer que o mundo te veja como outra pessoa, mas para mim sempre vai ser a Bea.

Além disso, não vou parar de perguntar onde você está.

Sei que não é mais problema seu, mas a noite passada não foi legal. A mãe e o Darren chegaram ao estágio de perceber que uma filha desaparecida *não causa uma boa impressão sobre o desempenho deles como pais.* Quando cheguei em casa, a primeira coisa que me perguntaram não foi se eu tinha visto você, mas se eu tinha contado para alguém. Eles também não confiam em mim.

Eu ia ver se você tinha deixado mais alguma coisa para eu achar no seu quarto, mas cheguei um pouco tarde porque, enquanto eu estava na escola, a mãe revirou tudo. Sério, parecia que uns cem cães de caça tinham passado ali e rasgado tudo com os dentes. Quer dizer, não que seu quarto costumasse estar arrumado, mas só tinha aquela sua bagunça de sempre. Você dizia que conseguia encontrar o que quisesse nele — bom, eu meio que também conseguia. Mas não mais. As roupas estavam espalhadas por todos os cantos, as que você usava o tempo todo misturadas com as que não usava mais. (Quais você levou? Não entendi isso ainda.) Os bichos de pelúcia foram tirados da prateleira de livros, e parecia que cada um deles tinha sido interrogado. Bilhetes do Joe estavam à mostra, mas não tantos, e nenhum tão recente. Como Joe sempre mandava mensagem, foi uma surpresa ver a letra dele. Acho que eram bilhetes que ele te mandava na aula, ou entre as aulas, quando você não atendia o celular.

Ah, e por falar em celular, o seu sumiu.

Eu não sabia o que fazer. Era difícil ficar bravo por você, já que abandonou todas as suas coisas à própria sorte. Se seu quarto fosse independente do resto da casa, talvez você tivesse colocado fogo em tudo antes de ir embora. Ou talvez não se incomode mais com quem vai ver o quê. Qual dos dois?

O engraçado é que eu não fiquei nervoso por você, mas ainda assim eu estava nervoso. Em parte, admito, porque pensei que, se eles podiam fazer isso no seu quarto, não havia razão para não fazerem no meu.

Vi que Darren estava na sala e peguei a mãe na cozinha. A TV estava bem alta, mas ela nem estava vendo. Mal olhou para mim quando entrei.

— O que você fez no quarto da Bea? — perguntei.

Por um instante, foi como se nossos papéis tivessem se invertido; ela era a filha, e eu, o pai que pegou a filha fazendo algo que não deveria. Vi seus olhos entregarem que ela tinha feito besteira. Mas, assim que encarei a mãe, essa expressão desapareceu.

Ela começou a me medir com o olhar.

— Não use esse tom comigo. Eu estava só tentando encontrar a Bea.

— Você achou que ela estivesse escondida em uma das gavetas? No cesto de roupa suja?

— *Já chega.*

Mas eu tinha que insistir.

— Você estava procurando drogas? Encontrou alguma boa?

Péssima jogada. Péssima mesmo.

— *Darren!* — ela gritou.

— Mãe, por favor...

Darren apareceu na porta. E não estava feliz por ter sido interrompido.

— O que foi? — ele disse.

— Ezra acabou de dizer que Bea estava *usando drogas.*

— Não foi isso que eu disse!

— E por que você ia me perguntar se encontrei drogas no quarto dela, então?

EU NÃO SUPORTO VOCÊS!, eu queria gritar. Exatamente como 99% do tempo que passo em casa. Como você pôde me deixar com essas pessoas? Por que eu tenho que ouvir o que eles têm a dizer? Sei que a mãe passou por momentos difíceis quando o pai foi embora. Sei que não foi fácil criar nós dois sozinha durante esses anos. Sei que foi ela quem impediu que a gente ficasse na rua. Sou grato por isso. Mas se ela foi inteligente para fazer tudo isso, quando resolveu desistir? Quando conheceu o Darren? Ou ela entregou os pontos pouco a pouco? Eu nem consigo lembrar de uma época em que ela estivesse do nosso lado. Sei que deve ter acontecido em algum momento. Mas aí o Darren aparece, limites são traçados e, de repente, não estamos mais do mesmo lado. Ela está tão distante que eu praticamente não a reconheço mais.

Darren começou a falar que sempre soube que você usava drogas, que isso explicava a *instabilidade*, a *irresponsabilidade*.

— Vocês não têm medo de que ela possa estar machucada? — tive que perguntar.

— Ela não está machucada — a mãe respondeu com firmeza.

E Darren, caramba, Darren teve que acrescentar:

— Ninguém vai machucar sua irmã. Só ela é capaz de machucar a si mesma.

O que foi incrível, vindo dele. Discutir não levaria a nada, então fiquei na minha. Saí.

De volta ao meu quarto, liguei para o Joe.

— O quê? — ele atendeu, impaciente e esperançoso. — O que aconteceu?

E eu pensei: *É, ele deve ter achado que liguei porque tinha notícias. Boas notícias. Mas eu só fiz isso porque não sabia para quem ligar. E porque queria saber se ele ia continuar me dando carona de manhã.*

Não preciso da sua permissão para ter pena do Joe. Você precisa entender, não tem como ouvir o tom de decepção na voz dele e não ter pena. E quanto a não exagerar... Bom, o que seria exagero nessa situação, Bea? Você vai ter que me ajudar porque, do meu ponto de vista, quem exagerou aqui não foi o Joe.

— Por que ela não liga? — ele perguntou.

E eu disse a ele:

— Porque não quer que a gente encontre ela.

É o seguinte: você pode repetir mil vezes para si mesma, mas, quando diz em voz alta para outra pessoa, tudo muda; é como trazer para a realidade um medo seu e, assim, dar meios para ele te ferir de verdade. E o mesmo acontece quando outra pessoa diz aquilo que você está repetindo na sua cabeça. Falar deveria ajudar, mas também torna as coisas mais difíceis de negar.

— Não quer que a gente encontre ela — ele repetiu.

Nessa hora eu deveria ter contado para ele que tive notícias suas. Eu sentia que era egoísmo não contar. Mas também sentia que, se eu contasse, você saberia. E assim eu deixaria claro que você não pode confiar em mim.

Eu te conheço. Sei que não vou ter uma segunda chance. Não desta vez.

Então, em vez de dar alguma pista de que você está viva, perguntei se ele podia continuar me levando para a escola de manhã. Ele disse que sim. Mas até aí nenhuma surpresa.

Quando desligamos, liguei para a Sloane de novo.

Ela não atendeu.

Não quis jantar. A mãe e o Darren comeram sem mim. Quando desci mais tarde para pegar alguma coisa na geladeira, a mãe me tratou com frieza. Então Darren entrou, pegou a pizza fria do meu prato, jogou no lixo e ficou na frente da geladeira até eu voltar para o quarto.

Comi algumas das suas gomas de frutas. E me senti estranho, porque sei que, se você não voltar para casa, ninguém mais vai comprar isso. Se eu pedir para a mãe, ela vai dizer não. São suas, e se você não está aqui, não tem lugar para elas nesta casa.

Eu sei que isso é idiota. Sei que eu mesmo posso comprar as gomas. Só estou te contando o que está passando pela minha cabeça agora.

Darren parou no meu quarto quando eu já estava deitado. Odeio quando ele faz isso. Ele sempre fica na porta, como se eu tivesse algo contagioso.

— A casa está silenciosa, né? — ele disse.

— É — respondi. Sei que é melhor não fingir que estou dormindo. Ele sempre sabe.

— Faz sentido estar silenciosa, sem sua irmã com a música no último volume.

Eu não respondi que não estava silenciosa coisa nenhuma, porque ele não parava de falar. Só disse "É", tentando deixar ele entediado para que fosse embora. Costuma funcionar.

— Você não é como ela — ele continuou. — Você não tem nada a ver com ela.

Acho que era para ser um elogio.

Mas do jeito que ele disse?

Quase pareceu um insulto.

Quase pareceu que ele estava me desafiando a ir embora.

Você soube desde o início, né?

Quando Darren entrou na nossa vida, eu estava pronto para fazer dele meu pai. Usei giz de cera para desenhá-lo nas fotos de família. Assistia ao que ele quisesse assistir. Chamava para brincar de pega-pega. Eu adorava ele, porque a mãe adorava ele, e eu achava que também deveria fazer isso.

Mas você sacou tudo. Você resistiu. Ficou na defensiva. Fazia birra no Dia dos Pais. Se recusava a reconhecer o direito dele de estar à mesa da cozinha. Não tenho dúvida de que foi por causa de você que não levaram a gente para o casamento deles. Você via que ele não ligava para nós. Só para ela. Talvez até soubesse que ele tinha vindo para convencer a mãe a não se importar com a gente também.

Você brigou pelo controle da família e perdeu. Eu simplesmente o entreguei com um sorriso e embalado para presente.

Não é que eu não pense em ir embora. Mas também sei que a casa do Terrence é o mais longe que eu iria, sendo realista. Depois disso, não tenho nada. Ninguém. Quer dizer, agora tenho você, em algum lugar por aí. Mas no momento não é uma opção. Escolha sua, não minha.

Estava tarde, mas liguei para ele assim mesmo.

— No que você está pensando? — Terrence disse.

Não perguntou por que eu estava ligando. Não reclamou de ser acordado, da hora.

— Está tão quieto aqui — respondi. E então me peguei dizendo algo que acho que nunca havia dito antes. — Estou sozinho.

— Não está, não.

E foi isso. Era disso que eu precisava, sentir que mais alguém ainda estava aqui.

Eu sei que você acha que sou novo demais. Sei que você acha que Terrence e eu somos novos demais. Não me importo. Tenho idade suficiente para precisar de alguém.

Não consigo lembrar de quais foram as últimas palavras que eu disse para você. Isso está me deixando louco. Eu não sabia que elas seriam importantes.

É melhor eu enviar isso. Está cedo. A sra. Goldsmith abriu a biblioteca para mim quando chegou. Joe quis procurar a Sloane.
Eu quis procurar você.

Responda.
Ezra

Assunto: Almoço.
De: Ezra <e89898989@ymail.com>
Para: Bea <b98989898@ymail.com>
Data: qua., 27 de mar. 12:04

No e-mail de ontem você disse que estava em um fuso horário diferente. É por isso que não respondeu ainda?

Assunto: Sala de estudos
De: Ezra <e89898989@ymail.com>
Para: Bea <b98989898@ymail.com>
Data: qua., 27 de mar. 14:06

Isso vai me deixar maluco, ver a caixa de entrada vazia toda vez que eu abrir o e-mail. Fique sabendo.

Enquanto isso, a Sloane está estranha. Não estranha como eu e o Joe estamos, sentindo sua falta e preocupados com você.

Eu a encontrei no final do almoço, depois de ter checado meus e-mails e visto que VOCÊ NÃO TINHA RESPONDIDO. (Tudo bem, deixa pra lá.) Sei que a Sloane sempre me achou um verme, seu parasita super-devotado. (Sempre tentei ser um verme fofo. Sério. Mais para um hamster que um rato.) Mas a irritação dela comigo sempre pareceu um pouco encenação. Desta vez, quando me viu, senti que ela queria sair correndo. Era como se não aguentasse nem olhar para mim.

Mas acho que ela também sabia que uma hora teria que conversar comigo. Então ela *não* saiu correndo.

— Você sabe de alguma coisa? — perguntei assim que a alcancei. — Ela te contou alguma coisa?

E você sabe o que ela disse?

Ela disse:

— Faz muito tempo que ela não me conta nada.

Então, como se tivesse se dado conta do quanto tinha sido grosseira, ela acrescentou:

— Deixe a Bea em paz. É isso que ela quer... ficar totalmente sozinha. A gente que se foda. Não ache que seja nada com você. É com ela. Só com ela. É assim que ela quer que as coisas sejam.

Sloane estava agindo como se tivesse lavado as mãos em relação a você, mas percebi que ela não tinha conseguido fazer isso. O que ela sabe? Só estou perguntando porque ela nunca vai me contar. E não porque não gosta de mim. Mas porque acha que eu não mereço saber.

Admito: fiquei com raiva. Falei:

— Você conhece a Bea faz o quê? Três anos? Bom, eu conheço a Bea *a vida* inteira. Ela é minha *irmã*. Eu sei que não é nada comigo. Mas ao mesmo tempo tem a ver comigo, sim, tá? Você poderia pelo menos reconhecer isso?

Ela só ficou me olhando como se eu fosse tão inútil quanto uma caixa de cereal vazia. E saiu.

Ela não me devia nada.

Aliás, a Lisa Palmer me disse que a irmã dela pediu que ela me perguntasse onde você está. Então acho que as pessoas estão descobrindo coisas.

Me ajude a entender isso.

Ezra

Assunto: Meia-noite
De: Ezra <e89898989@ymail.com>
Para: Bea <b98989898@ymail.com>
Data: qua., 27 de mar. 23:56

Sim, estou mandando e-mail do meu celular.
Seu silêncio é cruel. Você sabe disso.
Cruel, mas talvez não estranho?

Assunto: RE: Meia-noite
De: Ezra <e89898989@ymail.com>
Para: Bea <b98989898@ymail.com>
Data: qui., 28 de mar. 00:05

Desculpa. Fui injusto.

Sei que não é nada comigo. Sei que você deve estar ocupada com outras coisas.

Mas mesmo assim.

Assunto: Não é brincadeira de 1º de abril
De: Ezra <e89898989@ymail.com>
Para: Bea <b98989898@ymail.com>
Data: qui., 28 de mar. 12:15

Bom, você finalmente manchou meu histórico.

Pela primeira vez na vida, fui chamado duas vezes à direção pelo alto-falante! Aquele lugarzinho privilegiado, no fim dos anúncios da manhã! "Ezra Ahern, por favor, compareça à direção para conversar com o vice-diretor Southerly."

Eu meio que não entendi. Achei que minha cabeça estava inventando aquilo. Mas aí vi todo mundo olhando para mim, e Justin Ling disse:

— Iiiiiih... o que você fez?

Resmunguei alguma coisa dizendo que não sabia. Você teria agido como se estivesse orgulhosa, medalha de honra. Fama de encrenqueira conquistada com sucesso.

O máximo que consegui foi tentar não tremer quando entrei na diretoria.

— Ezra? — a secretária perguntou. Vi que ela estava reparando bem na minha cara, para me reconhecer em uma próxima vez.

Fiz que sim. Ela indicou a sala do sr. Southerly.

Entrei. Ele estava olhando alguma coisa no computador, mas sorriu quando me viu e fez um gesto para que eu sentasse. Eu não esperava que ele fosse simpático, mas foi.

— Então, vou direto ao ponto. Por acaso você sabe se a sua irmã pretende voltar para a escola? Pergunto porque é o terceiro dia seguido de falta, e quando ligamos para a sua casa ninguém atendeu. Isso costuma significar férias em família... mas, como você está aqui e como sua irmã tem um histórico de faltas, achei que era minha obrigação verificar o que está rolando.

Era tão estranho ter uma conversa sensata com um adulto. Talvez tenha sido por isso que respondi com sinceridade.

— Não tenho certeza. Mas eu diria que pelo visto ela não vai voltar.

— Ela está em casa agora? Você acha que eu conseguiria falar com ela?

— Não, senhor. Creio que não seja possível.

Eu já estava sentindo o quanto a mãe e o Darren ficariam bravos comigo por falar isso. Mas também não me disseram o que eu deveria falar.

O sr. Southerly olhou nos meus olhos, e não foi nada ameaçador. Na verdade, senti que ele entendia pelo menos um pouco o que eu estava sentindo.

— Olha só, a Beatrix tem dezoito anos, então não tem nada que eu possa fazer. E não vou colocar você na posição de intermediário. Eu só quero que saiba que estou preocupado, e que vocês dois podem contar comigo. Sei que na idade dela a escola pode parecer algo sem importância, e a formatura também. Mas esse impulso nunca faz bem para o futuro de ninguém. Você não precisa me contar onde ela está… mas sabe se ela está bem?

— Acho que sim.

— E tem tido algum problema em casa ultimamente?

Aqui minha sinceridade me abandonou. Eu não podia dizer "Sempre tem algum problema em casa". Porque isso seria um convite a mais perguntas. Mais problemas.

O estranho é que eu senti que o sr. Southerly já sabia a resposta verdadeira. Talvez você tenha causado mais impacto do que imaginava. Ou ele só tenha visto essa situação muitas vezes antes. Talvez não tenha nada de original na gente e na nossa família, Bea. Isso não é triste?

— Não tem nada fora do normal — eu disse a ele.

Ele assentiu, reparando bem na minha cara também.

— Bom — ele disse, se levantando —, saiba que estou aqui. Vou continuar tentando entrar em contato com seus pais. Não vou dizer a eles que conversamos… O que é dito nesta sala fica nesta sala. Volte quando quiser. Entendido?

Agora foi minha vez de assentir, embora eu só quisesse mesmo desaparecer.

Não posso passar o intervalo de almoço inteiro escrevendo para você. Preciso fazer outra coisa. E você precisa me responder.

Ezra

Assunto: Desculpa
De: Bea <b98989898@ymail.com>
Para: Ezra <e89898989@ymail.com>
Data: qui., 28 de mar. 03:09

Ezra,

Se eu pudesse fazer você entender, você não acha que eu faria?

Eu

Assunto: mais
De: Bea <b98989898@ymail.com>
Para: Ezra <e89898989@ymail.com>
Data: qui., 28 de mar. 03:26

Ez,

Eu não deveria ter te dado esse endereço de e-mail. Você sempre faz isso. Não posso cuidar de tudo o que preciso fazer *e* me preocupar com você. Nunca fui boa em fazer duas coisas ao mesmo tempo, você sabe disso.

Acho que você não tem ideia do que é decepcionar todo mundo o tempo todo. Na verdade, sei que não tem; você, esse menino bom e dedicado. Não me surpreende que a mãe e o Darren não pareçam mais chateados, mas seria legal que houvesse *alguma* preocupação por, sei lá, minha *segurança* e meu *bem-estar*.

Por exemplo, não querendo desenterrar muito o passado, mas você lembra quando eu caí da bicicleta, com onze anos, e fiquei o *dia todo* com o braço quebrado até eles chegarem do trabalho e decidirem me levar ao médico, e só depois de confirmarem que eu não estava blefando? Até parece que eu ia inventar algo assim. Aprendi bem cedo que fingir estar doente ou machucada não é uma forma de chamar a atenção.

Mas a verdade é que faz bastante tempo que não estou bem. Talvez nunca tenha estado. Sabe, vou dizer uma coisa que ninguém sabe: eu me preocupo. À noite, quando todos estavam dormindo, eu ficava deitada pensando em todas as coisas ruins que poderiam acontecer com você ou comigo. Eu pensava no acidente do Joe e em como ele quase morreu; no que teria significado para mim ficar sozinha neste mundo sem ele, provavelmente o último garoto que ia me amar. Eu pensava na Sloane e no que aconteceria se deixássemos de ser amigas. Eu tinha medo de que alguma coisa pudesse separar o Joe de mim. Que alguma coisa pudesse fazer com que a Sloane parasse de falar comigo ou se voltasse contra mim, como acontece com tantas garotas. Eu ficava aflita pensando que a mãe poderia sofrer um acidente, morrer e nos deixar sozinhos com Darren; ou que você e o Terrence pudessem terminar, o que te deixaria perdido e triste; ou que o Darren fosse matar todos nós enquanto estivéssemos dormindo; e achava que tudo isso de alguma forma seria minha culpa.

Acima de tudo, eu me preocupava com você. Tinha medo de que o Darren ou a mãe machucassem você e eu não conseguisse interferir rápido o bastante. De não conseguir te proteger, te manter em segurança. De alguma coisa acontecer com você e eu não estar presente para impedir.

Eu me preocupava até com o pai. Chegava a esse ponto.

Então, veja, eu me preocupo mais do que você pensa. Com *tudo*.

Talvez eu tenha cansado de decepcionar as pessoas. Todo mundo esperava que eu fosse o tipo de pessoa que faria algo exatamente assim, desaparecer sem mais nem menos. Não importa quantas notas boas eu tirasse na escola, não importa o quanto eu estivesse avançada na leitura. Nem que eu tivesse sido monitora daquela garota, Celia não sei de quê, durante o recesso a pedido da minha professora, e que eu tivesse feito isso todos os dias durante dois meses, mesmo depois que a Celia ameaçou me matar se eu ensinasse alguma coisa a ela. Talvez parte de mim tenha pensado: *Então por que não fazer logo isso? Por que não dar a eles exatamente o que esperam?* Mas não foi por isso que fui embora.

O problema de se preocupar demais é que às vezes a preocupação acaba virando realidade.

Talvez eu só precisasse fazer o oposto.

Mas é tudo que posso te dizer. Não pergunte mais nada porque não vou/não posso responder.

Você vai ficar um tempo sem receber notícias minhas. Sei que não adianta dizer isso, mas, por favor, não leve para o lado pessoal. Não é pessoal. Não tem nada a ver com você, ou o Joe (não diretamente, pelo menos), ou a Sloane (embora ela queira acreditar que sim), ou o querido e cego sr. Southerly, ou mesmo o Darren e a mãe. Tem a ver comigo.

Se cuide. Eu te amo. Se você escrever, eu não vou receber. Ou talvez receba, mas não leia. Não posso. Não agora.

Um beijo,
Eu

p.s. Lisa Palmer e a irmã dela que se danem.

Assunto: p.s.
De: Bea <b98989898@ymail.com>
Para: Ezra <e89898989@ymail.com>
Data: sex., 29 de mar. 09:11

Então, eu não dormi essa noite (novidade) porque me senti mal com o e-mail. E comecei a me preocupar por ter abandonado você. Estou com raiva, Ez. Com muita raiva. Desculpa se descontei em você.

p.s. Lisa Palmer e a irmã dela que se danem (ainda).

Assunto: VOCÊ TÁ BEM?
De: Bea <b98989898@ymail.com>
Para: Ezra <e89898989@ymail.com>
Data: sex., 5 de abr. 12:32

Ez,

Eu sei que disse para você não escrever, mas, sejamos honestos, eu não esperava que você fosse dar ouvidos. Estou entrando depois de alguns dias, e você não mandou nada. Está tentando dar o troco? Me ensinar uma lição? Já passamos por muita coisa para ficar dando gelo agora.

Eu

Assunto: VOCÊ TÁ BEM?
De: Bea <b98989898@ymail.com>
Para: Ezra <e89898989@ymail.com>
Data: sáb., 6 de abr. 06:43

Cadê você?

Assunto: EZ! VOCÊ TÁ BEM?
De: Bea <b98989898@ymail.com>
Para: Ezra <e89898989@ymail.com>
Data: dom., 7 de abr. 18:01

Desculpa!

Assunto: Sério. VOCÊ TÁ BEM? NÃO, SÉRIO, VOCÊ TÁ VIVO?
De: Bea <b98989898@ymail.com>
Para: Ezra <e89898989@ymail.com>
Data: seg., 8 de abr. 07:10

Lembra quando o Joe sofreu aquele acidente? Lembra que antes de a gente saber que ele tinha sofrido um acidente eu senti o maior frio e quase desmaiei? A mesma coisa acabou de acontecer comigo. Se você estiver de brincadeira comigo, eu vou ficar muito, mas muito brava com você.

Assunto: oi?!?!?!?!?!?!?!
De: Bea <b98989898@ymail.com>
Para: Ezra <e89898989@ymail.com>
Data: ter., 9 de abr. 14:22

Eu sei que você odeia quando as pessoas escrevem tudo em maiúsculas, mas ISSO NÃO TEM GRAÇA, IRMÃOZINHO! ONDE VOCÊ ESTÁ? Prometo que não vou desaparecer totalmente, não de você. Se me escrever, eu vou responder. Por favor. Escreva. Agora. Eu te deixei esse e-mail, Ez, o mínimo que você pode fazer é usar.

Sua irmã mais velha preocupada que está TENTANDO MUITO NÃO SE DESESPERAR,
Bea

Assunto: Ajuda
De: Bea <b98989898@ymail.com>
Para: Ezra <e89898989@ymail.com>
Data: qua., 10 de abr. 21:01

Que merda, Ez.

Fiquei sabendo o que aconteceu. Passou no jornal, Ez! No jornal, caramba! Eu não posso sair cinco minutos. Que porra é essa?

Preciso que você pegue um ônibus, trem, helicóptero, o que for, e me encontre na Union Station em St. Louis (fica no Missouri). Em frente ao planetário.

Lembre da lista com as regras para fugir de casa. FAÇA TUDO O QUE DIZ ALI.

Se despeça do Terrence. Diga a ele que você o ama. Diga tudo o que você quer que ele saiba, caso seja a última conversa de vocês, menos que você está indo embora. Isso você não pode dizer.

Vou ficar te esperando. Me avise quando receber isto. Assim que souber quando vai chegar, me avise. Depois disso, este e-mail vai se autodestruir em cinco, quatro, três, dois...

Um beijo,
B

p.s. Não traga seu celular!

Assunto: O jornal
De: Ezra <e89898989@ymail.com>
Para: Bea <b98989898@ymail.com>
Data: qui., 11 de abr. 04:19

É zoadaço se preocupar desesperadamente com alguém e depois a pessoa dizer que está de saco cheio de se preocupar, como se fosse possível apenas apertar um interruptor e, nossa, toda a aflição foi embora, a não ser por você, que continua ali, e seu botão de desligar deve estar emperrado porque você continua se preocupando cada vez mais, e ela diz, desculpa, não posso falar agora, te desejo uma vida boa, porque a minha é muito mais importante que a sua, sinto muito, deve ser uma merda estar na sua pele. E, tudo bem, você pensa, ela está te dando a tesoura e segurando o cordão bem firme, então vai ser só um corte rápido, então corte, CORTE, e assim, sempre que você estiver na escola e todos estiverem te olhando de um jeito estranho, e sempre que você estiver em casa e todos estiverem te olhando de um jeito estranho, você pode simplesmente mostrar a sua parte e dizer, desculpa, sem cordão, sem conexão, sem contato com ela, então não se preocupe — ah, espera, Bea… você não está preocupada… Só *eu* estou preocupado, porque pelo jeito não consigo parar de me preocupar. Que burro, *burro*. Achei que eu fosse a exceção, achei que eu valesse a pena… mas não. Quando alguém te diz isso, o que você faz? Bom, você escuta, porque percebe que cada minutinho vai ser uma luta do caralho se você ficar esperando, e esperando, e esperando que ela responda. O que eu estou dizendo é o seguinte: Você tomou um caminho sem volta, Bea, e ainda assim queria que eu fosse atrás? Então, sim, fiquei chateado. E, SIM, eu não podia nem conversar sobre isso com alguém porque para dizer que uma pessoa te deixou no vácuo é preciso revelar que ela te deu o contato dela. Complicado!

Então o Terrence quer saber o que está acontecendo, quer me ajudar, e em troca eu dou respostas de zumbi para perguntas de fada madrinha. É uma merda estar na pele dele! Apaixonado por um garoto que claramente não está falando a verdade! Mas espera: Com certeza existe alguém que ia se sensibilizar com a situação do irmão abandonado, não é? Que tal o namorado abandonado? Sabe, o coitado que não é mais o mesmo desde o acidente. E que acidente foi esse mesmo? Ah, é, daquela vez que ele ficou tão chateado porque a namorada ia terminar com ele que entrou em um carro quando não deveria ter entrado, e dirigiu em alta velocidade quando não deveria ter dirigido, e bateu numa árvore quando não deveria ter batido. Quase trágico. Mas não foi uma maravilha para os dois? Eles não trataram um ao outro tão bem depois que isso aconteceu? Pelo menos até ela ir embora. E, me lembre… por que mesmo ela foi embora? Ah, é… ninguém sabe! Mas o namorado? Ele está começando a achar… rufem os tambores, por favor… *que tem outro cara.* Ela diz que se preocupava demais com todo mundo, mas o namorado acha que a única preocupação dela simplesmente *era não ser descoberta.* O irmão não acha que o namorado esteja certo, mas depois que o namorado enfiou isso na cabeça… Bom, ele não consegue mais tirar, sabe? E a amiga da garota desaparecida fala tanto quanto um maldito mímico, e com isso o namorado entende que ela tem algo a esconder. (E quem pode julgar, não é mesmo?) Então o namorado, de triste, fica puto. A melhor amiga é daquelas que fingem não ver nada. E a garota desaparecida só dá um *tchauzinho.* Aí com quem o irmão pode desabafar? A mãe! Claro, a mãe deve ter ainda *algum* instinto materno. Claro, deve haver uma gota de instinto materno em algum lugar! Faz uma semana que ele não conversa de verdade com ninguém, e a mãe chega uma noite em um momento vulnerável, e ele diz:

— É uma droga mesmo, né?

E você sabe o que ela diz? Ela diz:

— Provavelmente é melhor assim.

E ele sabe que deveria ficar de boca fechada. ELE SABE DISSO. Mas não consegue segurar. Ele olha para a mãe e diz:

— Quem é você, caralho?

E ela dá um tapa nele. Grita para o marido, grita o que aconteceu, diz a palavra *ingrato* (como costuma fazer), e o marido faz uma pausa para deixar bem claro o que vai acontecer, aquela pausa de três segundos em que ele decide exatamente como vai espancar. Desta vez, é o empurrão-contra-a-parede, soco-no-estômago um-dois. Você entende, né? Entende exatamente como isso ia terminar, né? O maridinho diz:

— Não fale assim com a sua mãe!

E eu começo a pensar: *Se eu dispensar essa mulher de ser minha mãe, posso falar com ela do jeito que eu quiser? E com você?* Tipo, eu só quero dispensar a família inteira. Até você, mas enquanto ele grita comigo e me esmurra eu entendo pelo menos em parte por que você não está aqui. Começo a uivar. Não tem outra palavra. É um uivo, e está vindo bem lá do fundo, e no momento que eu liberto esse som, todos ficamos assustados. Ele para. Ela recua. E continuo, uivo a plenos pulmões enquanto saio correndo. (Você está acompanhando isso? É, tenho certeza que sim.) (Não, não posso simplesmente dizer isso. Não posso jogar no ar sem mais nem menos, como se não tivesse dormido no quarto bem ao lado do seu todos esses anos, como se não fizesse ideia do quanto as brigas podiam ficar feias.) Mas o negócio é o seguinte: eu saio correndo, e ele não vem atrás de mim. Estou indo em direção à porta e percebo que é *exatamente* o que eles querem que eu faça. Que eu saia de lá. Que deixe os dois em paz. Finalmente livres de nós. *Pense em todo o dinheiro que eles vão economizar.* E é aí que entra a raiva. Depois de todos esses anos, é assim que ela se manifesta. Fogo. Penso em fogo. Não saí ainda, estou na cozinha, olho para o balcão e, de repente, sei exatamente o que quero... Não, que se foda, eu sei exatamente o que *preciso* fazer. Ninguém está vindo atrás de mim. Ninguém está olhando. Então coloco uma ponta do rolo de papel-toalha na boca do fogão. Desenrolo o papel até o outro lado da cozinha. Aciono o gás, acendo a chama. Tic. Tic. *Vush.* Agora posso sair. Não estou tentando colocar a casa abaixo. Estou só tentando fazer alguma coisa que não tem mais volta. Jogando o seu jogo, só que melhor. Não fico para ver o que vai acontecer depois. Só pego a bolsa da mãe no balcão da cozinha e saio. Ao chegar à rua ligo para o Joe e digo a ele que preciso de uma carona. Ele diz que está indo encontrar uns caras para ver um filme. Respondo algo como "Legal". Peço a ele que me pegue no posto de gasolina, não em casa. Ele nem pergunta nada. Enquanto espero por ele, ouço sirenes, vejo um caminhão de bombeiro passar. Quando Joe chega, o caminhão já sumiu. Carson e Walter também estão no carro, e percebo que eles não entendem muito bem por que Joe está se dando ao trabalho de me buscar. Eles também não entendem por que estou segurando uma bolsa de mulher. Tento fazer uma piada, e Joe é o único que ri. (O estranho é que ninguém comenta o fato de eu ter levado uma surra. Ou talvez isso não seja nada estranho.) Quando chegamos ao cinema, deixo a bolsa no carro, embaixo do assento da frente. Mas levo a carteira e saco o máximo que consigo do caixa eletrônico. (A senha da mãe é o aniversário do Darren. Aaaaaah...) Entro na sala e sento com os caras, sou o último da fileira. Logo nos trailers, meu celular começa a vibrar loucamente. Não para. Olho e vejo que é Darren ligando. E — eu sei, foi idiota — minha raiva atende o celular e diz:

— Não posso conversar... estou no cinema — e desliga.

Surtei, né? Desligo o celular. Não passaram nem vinte minutos quando sinto um puxão no braço, e, olha só, é o Darren no corredor, e ele está gritando comigo no meio do cinema. Completamente louco de raiva, que nem um bêbado — e nem precisa de álcool! Algumas pessoas estão fazendo *xiu*!, e ele está quebrando meu braço. Tento me afastar, e é aí que ele enlouquece de vez, e outras pessoas começam a gritar porque, ei!, Darren trouxe a arma, e armas não são nem um pouco bem-vindas em cinemas lotados hoje em dia. Carson e Walter estão se mijando de medo, mas o Joe levanta e diz para o Darren:

— Senhor!

Como se palavras fossem convencer aquele cara a se acalmar, e é aí que o segurança do cinema entra de repente e *também* saca uma arma.

Alguém tem a sabedoria de parar o filme e acender as luzes. As pessoas estão gritando num empurra-empurra para sair dali, e Darren pode ser um desgraçado cruel, mas não quer levar um tiro, então abaixa a arma e diz que — juro para você! — *é um assunto particular entre ele e o filho.*

— Eu NÃO SOU seu filho — digo, o que deixa tudo ainda mais confuso.

E ficamos parados ali — Carson e Walter vão embora, mas Joe fica — até que a polícia chega e o Darren é levado. E, sim, sai no jornal. Mas, quer saber, não deve ter saído no jornal de St. Louis. Acho que você procurou notícias de casa na internet. Não tenho certeza se eles mencionaram a casa; Joe passou lá depois e viu que ela continua de pé, então provavelmente só a cozinha pegou fogo. Os jornais devem ter focado no Darren, com entrevistas de pessoas que ficaram presas no cinema dizendo como sentiram medo de que fosse outro tiroteio. Mas vou ser sincero com você: eu não estava com medo. Estava *puto.* Com ele. Com a mãe. Com você. Com todo mundo, inclusive comigo mesmo. Eu estava *extremamente* puto comigo mesmo. Porque agora não tem mais volta. E vou ser sincero: parte de mim gostaria de ter optado por um caminho que tivesse volta. Não sei se você também se sente assim, acho que o tempo dirá. Ah, falando nisso, não vou até a Union Station em St. Louis. Não vou me livrar do meu celular, porque quer saber? É uma das únicas coisas que tenho agora.

É assim que a minha vida nova começa: na cama de cima do beliche onde o Max, irmão do Joe, dormia antes de ir sem olhar para trás para aquela faculdade famosa pelas festas. Com o Darren na cadeia, ou talvez não. Durante um tempo, Terrence ficou mandando mensagem de cinco em cinco minutos, perguntando se eu estava bem, e eu respondia de seis em seis minutos, dizendo que estava. Porque eu ia começar a explicar por onde? Agora ele está dormindo, e Joe está dormindo, e você está dormindo em algum quarto que eu não consigo imaginar (quem sabe com alguém que também não consigo imaginar?). Já está muito tarde, e eu nem sei direito o que mais te dizer. Você sabe agora que eu não vou. Mas é o seguinte: o cordão não foi cortado. O caminho entre nós não foi desfeito porque quem é que faz caminhos com qualquer migalha? Passamos tempo demais colocando aquelas pedras no lugar, minha irmã. Você ganhou uma nova chance de ser sincera comigo. Sincera *de verdade*. Eu acredito quando você diz que se preocupa com as coisas. Mas não acredito quando você faz parecer que foi embora só por causa disso. Se for assim — se for para começar vidas novas —, temos que fazer direito. Acredite, quero ir até você, pegar carona para fazer a viagem que for. Mas não tenho certeza de que devo. Porque, tem razão, você nunca foi boa em fazer duas coisas ao mesmo tempo. Então, se já tem uma coisa que precisa fazer, me levar a tiracolo não vai ajudar em nada. E nunca vou superar se eu te achar e acabar fodendo com seus planos. Então faça o que tem que fazer, e eu fico aqui. Também não posso simplesmente largar a escola, tem isso ainda. Não posso simplesmente largar o Terrence. Não posso simplesmente largar minha vida aqui. Eu larguei a mãe e o Darren. Para sempre. Mas não estou pronto para largar este lugar, principalmente porque você não me disse nada sobre o lugar para onde eu iria e o que eu faria aí.

Comecei este e-mail com muito mais raiva de você do que estou agora. Eu queria muito que você tivesse visto a cara do Darren quando a polícia apareceu, quando ele se deu conta da merda em que tinha se metido. (Ah, e meu braço não quebrou… só machucou. Acho que os policiais estavam tão focados em tirar ele de lá que nem prestaram atenção em mim. E eu e o Joe não ficamos lá para conversar com eles. Tinha bastante gente disposta a depor.)

É hora de você me contar o que está fazendo, como é sua vida agora. Mesmo que não queira me contar por que foi embora… Vou te poupar (por enquanto) de falar do passado, desde que você fale do presente. Não vou contar para ninguém, coisa que você já deveria saber a essa altura. E não vou aparecer aí — você deveria saber disso também. Mas, já que vamos ter vidas novas, vamos pelo menos conversar sobre elas. E se a situação por aqui piorar eu sei para qual estação seguir.

Não fiz nada disso para que você ficasse preocupada. Não tem nada a ver com você. Pode ser que sua fuga tenha sido uma causa indireta do

Confronto no Regal, mas tenho a sensação de que aquilo teria acontecido de qualquer forma, mesmo se você tivesse ficado. A nossa raiva já
estava engatilhada. Não estou te contando tudo isso para que você es-
quente ainda mais a cabeça. Na verdade, você deveria se preocupar menos comigo. Eu saí de lá. Vou dar um jeito.

Enquanto isso, a escola vai ser muuuuuuito interessante amanhã…
e com "amanhã" quero dizer daqui a três horas.

Seu irmão (finalmente livre OU completamente ferrado),
Ezra

Assunto: Puta merda, Ez.
De: Bea <b98989898@ymail.com>
Para: Ezra <e89898989@ymail.com>
Data: qui., 11 de abr. 11:34

Ah, Ez. Minha vida não é mais importante que a sua. Você não entende isso? Durante muito tempo eu achei que minha vida fosse a coisa menos importante de todas.

Pra ser justa, não posso colocar toda a culpa por isso na mãe e no Darren. (Bom, talvez no Darren.) Ela teve momentos bons, né? Será que estou lembrando errado? Tipo quando eu fiquei menstruada pela primeira vez e sangrei na calça inteira, e o Darren teve um ataque porque a gente não "cagava dinheiro" (como se eu tivesse feito de propósito), e a mãe me levou para o banheiro e me disse que ele era homem, que não entendia.

— Deixe que eu cuido do Darren — ela disse, e foi até a padaria e comprou meu bolo favorito, aquele Sonho de Framboesa, que era tipo 80% cobertura, e eu só ganhava no meu aniversário.

Também teve uma viagem que fizemos só você, eu e a mãe. Isso foi a.D., antes do Darren, e durante cinco dias felizes seríamos só nós três, e entramos no carro e fomos até a praia. Em algum lugar nas Carolinas. Lembro da areia e das dunas cobertas de grama e de pegar estrelas-do-mar. A mãe alvejou as estrelas para que ficassem brancas, e à noite deitávamos na cama dela e eu lia *Coraline* em voz alta até pegarmos no sono, um a um, e antes de irmos embora ela disse que nos amava e que nunca podíamos esquecer disso.

Eu não estou inventando essa lembrança, né? E se eu estiver, não me conte.

Mas, mesmo assim, mesmo nos melhores momentos, nunca senti que minha vida fosse *importante*. Para você e para mim sim, talvez. Mas para mais ninguém. Nem para a mãe, nem quando éramos só nós duas, antes de você, antes do Darren. Porque eu sempre soube que de algum jeito eu estava atrapalhando a mãe. Não só porque ela me disse isso uma vez. Mas porque eu sentia também.

Você sabe quantas vezes eu quis fazer o que você fez? Simplesmente riscar um fósforo. *Puf*. Adeus, mãe. Adeus, Darren. Adeus, casa.

Acho que, de certa forma, foi o que eu fiz ao ir embora. Acho que, de certa forma, foi o que nós dois fizemos.

Assunto: Minha vida nova
De: Bea <b98989898@ymail.com>
Para: Ezra <e89898989@ymail.com>
Data: qui., 11 de abr. 11:46

Na primeira noite que passei aqui, dormi no Museu de Arte de St. Louis, que fica em uma área que eles chamam de Hill. Me senti mais segura, de certa forma, perto de toda aquela arte de valor inestimável — com toda aquela segurança incrivelmente cara, nada aconteceria comigo desde que eu ficasse no museu. Não que eu seja uma arte de valor inestimável, mas sou a única "eu" que tenho. Durante o dia, tenho caminhado bastante, tentando conhecer a cidade. Decidi que o Hill é meu bairro favorito. É cheio de mercados e restaurantes italianos, e igrejas católicas que hasteiam a bandeira italiana, e casas de um e dois andares com quintais bem cuidados. O ar aqui tem o cheiro do Restaurante Caseiro do Mario — quente, forte e cheio de temperos —, só que mais apetitoso ainda. (Lembra daquela vez que entramos escondidos na cozinha deles e roubamos uma fornada inteira de palitos de pão e escondemos na garagem? E vivemos à base de palitos de pão *durante duas semanas, e a mãe não percebeu?*) (Insira risada maligna aqui.) Encontrei um hostel no Hill, mas custa trinta dólares por noite, está lotado, e sei que não durmo bem com outras pessoas. Nem com a Sloane. E nem com o Joe. Só com você, Ez. Quando você era pequeno e estava convencido de que o Pé-Grande morava no seu armário, eu deitava no chão ao lado da sua cama e ficava acordada o máximo possível só para ter certeza de que você estava se sentindo seguro. Mas em algum momento eu pegava no sono, sempre. Pelo que lembro, aquelas foram as únicas noites em que tive bons sonhos, dormindo no chão do seu quarto. Porque eu sentia que estava fazendo uma coisa boa e altruísta, que de algum jeito eu tinha descoberto a minha vocação: afastar os monstros para o meu irmãozinho. Eu queria ter sido melhor nisso.

Enfim. Se precisar, posso voltar para o museu de arte, que é de graça, e tranquilo, e tem um céu noturno com mais estrelas do que eu podia imaginar. Então estou bem. É com você que estou preocupada.

Assunto: Mais.
De: Bea <b98989898@ymail.com>
Para: Ezra <e89898989@ymail.com>
Data: qui., 11 de abr. 12:31

Como é minha vida agora

Tem solidão. E culpa. E preocupação pelo que fiz com você. Tem medo do que vai acontecer e do que vou fazer, e será que vou ter que voltar para casa — uma casa sem você —, com o rabo entre as pernas, e implorar pelo perdão da mãe e do Darren e ser uma boa garota para sempre, amém. Tem uma dúvida gigante bem aqui na minha mente dizendo: VOCÊ NÃO VAI CONSEGUIR. VOCÊ VAI FRACASSAR. VOCÊ SEMPRE FRACASSA EM TUDO, NÃO IMPORTA O QUE FAÇA, PORQUE É ISSO QUE VOCÊ É. UMA PERDEDORA. UMA FRACASSADA. VOCÊ NÃO É NADA.

Tento não dar ouvidos, mas, quando alguém repete bastante essas coisas pra gente, não tem como evitar. Porque, se essas pessoas falam alto o suficiente e com frequência, é a única voz que a gente vai ouvir. Tento lembrar que a dúvida não é *minha*, é *deles*. Especificamente do Darren, que colocou isso na minha cabeça. Será que eu duvidava de mim mesma antes de ele aparecer? Antes de a mãe cair em seu feitiço e esquecer todos os seus instintos maternos? Não consigo lembrar de tanto tempo que faz. Você lembra? Tipo, nós já acreditamos em nós mesmos, pra valer? Talvez não seja justo enfiar você nisso, então vou reformular: Será que algum dia eu acreditei em mim mesma sem me preocupar, ou bancar a advogada do diabo, ou pensar *Você não vai conseguir, Bea. Você não é inteligente o bastante, corajosa o bastante, boa o bastante, bonita o bastante, engraçada o bastante, você não é o bastante.*

Agora quando a dúvida gigante fica alta demais em meu cérebro, eu digo VÁ EMBORA, DÚVIDA. VÁ EMBORA OU EU VOU COLOCAR FOGO EM VOCÊ, PORQUE PELO JEITO COLOCAR FOGO NAS COISAS É DE FAMÍLIA, E EU VOU INCENDIAR VOCÊ COMO SE FOSSE UMA CASA.

E paro de ouvir qualquer pessoa que não seja eu mesma.

Porque esta é mais uma característica da minha vida agora: sou livre. *Livre.*

Caso você não reconheça essa palavra, ela quer dizer o seguinte: eu posso ser qualquer coisa. Qualquer pessoa. Às vezes sou Bea. Às vezes sou Veronica. Ou Kelsey. Ou Claire. Ou Pippa. Ou Ninguém. Sou livre para foder tudo sem que alguém fique me enchendo por isso ou dizendo "É a Bea mesmo, ela sempre fode tudo". Sem alguém dizendo "Tá vendo? Tá vendo o que você fez? Por que deveríamos esperar outra coisa de alguém como você, que só sabe decepcionar todo mundo?". Posso ferrar com tudo aqui, sem que ninguém veja, além de mim, e sabe de uma coisa? O mundo não acaba. Ele segue em frente, e eu também.

Também sou livre para acertar e para fazer algo de bom sem que ninguém dê importância demais para isso porque é "tão estranho e inesperado que ela faça isso". Sou livre para fazer qualquer coisa, a qualquer hora, e não tem ninguém para me julgar ou dizer que não consigo, que não devo, que não vou, que é melhor não ou sei lá. Estou morrendo de medo. Mas também estou mais corajosa do que jamais imaginei que pudesse ser.

Tem mais uma coisa. Posso dormir durante o dia e ficar acordada a noite toda. Você sabe que eu amo a noite. A escuridão. As estrelas. O interior das casas todas aceso. Tudo é limpo, silencioso e tranquilo à noite. Não dá para ver toda a sujeira, e o lixo, e as cicatrizes por toda parte, em tudo, em todos. Tantas cicatrizes. A noite é limpa. A noite é segura. Então fico acordada e finjo que o mundo é assim o tempo todo.

E tem mais uma coisa. Sou inteligente. Tá bom, eu sempre soube disso, mas tem inteligente tipo "sou inteligente demais para estudar porque a escola me entedia" e tem inteligente tipo "estou sobrevivendo um dia de cada vez neste mundo grande e cruel sozinha, e ainda estou aqui e ninguém me machucou até agora porque eu nunca mais vou deixar ninguém me machucar". Adivinha? Sou dos dois tipos, mas jamais saberia que sou do segundo tipo porque, de acordo com as pessoas aí em casa (praticamente todo mundo, tirando você), sou UMA PERDEDORA, UM FRACASSO, UM NADA.

É incrível o que podemos aprender sobre nós mesmos quando nos afastamos daqueles que duvidam de nós. (E isso inclui a Sloane, mas talvez não o Joe. Coitado do Joe, sempre vai se sentir como os outros dizem que ele deve se sentir e nunca vai pensar ou sentir por conta própria.)

E uma última coisa, porque eu já falei bastante. Como você já deve ter sacado, ainda não quero que me encontrem, então, assim que eu terminar de escrever este e-mail, vou ler várias vezes para ter certeza de que não disse demais.

Mas eu devo isso a você.

Então aqui está.

Nesta vida nova, que estou tentando levar, tenho a chance de ser amada. Eu. Indigna de amor, de simpatia; eu, terrível. A Bea briguenta. A Bea difícil. A Bea má influência.

Imagine.

Não o tipo de amor que a mãe nos deu, que mal chegava a ser amor. E não o tipo de amor que eu tinha com o Joe. Eu fiquei com o Joe porque ele era previsível, e doce, e entediante, e me dava uma segurança que eu nunca tinha sentido. E aí ele sofreu o acidente, e eu fui legal com ele porque como não ia ser? Você é meio que obrigado a ser legal depois que a pessoa sofreu *um acidente*. Eu não podia terminar com ele, não naquela hora, nem depois. Não tive escolha. A não ser que saísse daí de uma vez.

Não me sinto mal pela mãe, mas me sinto mal pelo Joe. Não a ponto de ficar, óbvio, mas ainda assim me sinto.

Esta pessoa que permanecerá sem nome (por enquanto) é muito parecida comigo, mas também melhor do que eu em todos os sentidos. E ele me faz sentir que sou capaz de fazer o que eu quiser.

Ele quase faz a dúvida na minha cabeça se calar. Quase.

Ele é engraçado e também sério.

E inteligente, mais do que eu, talvez até mais do que você.

Ele é estranho também, mais do que eu, talvez até mais do que você. Tipo, ele é supersticioso com gatos pretos, e 11:11, e virar para a esquerda. Ele dirige quilômetros para chegar aonde precisa ir. E nunca pega moedas de um centavo do chão para ter sorte porque prefere deixar para os outros. E quando vê uma moeda de um centavo com o lado da coroa para cima, vira ao contrário para dar sorte. Isso é fofo, e também estranho.

Mas ele sabe que é estranho, e que eu sou estranha, e que, no fundo, todo mundo é estranho, ainda que finjam não ser, e tudo bem. Ele não quer me mudar.

Ele faz com que eu me sinta *possível*.

Lembra quando a Sloane e eu estávamos lendo *A metamorfose* para a aula da velha sra. Nadel? Aquele livro que Kafka escreveu sobre o vendedor que acordou um dia *e tinha virado um inseto*? E fica fechado no quarto e vira um fardo para a família (porque, oi, ele é um INSETO GIGANTE!), e a irmã mais nova é obrigada a trabalhar para sustentar a família, e todos só ficam desejando que ele estivesse morto? E quando ele morre DE VERDADE, eles ficam muito aliviados porque QUEM QUER UM FILHO QUE É UM INSETO?

Bom, era assim que eu me sentia em casa, como Gregor Samsa, o inseto gigante monstruoso que ninguém queria. Mas agora, aqui, longe de tudo isso, é como se eu tivesse virado a Eu que eu devo ser.

Uma Eu que pelo jeito gosta de escrever cartas longas como as do Ezra, mas pelo menos você sabe por que eu fugi. Mas gosto de pensar que não é tanto fugir, e sim *buscar*, embora existam MUITAS COISAS das quais fugir (e não estou falando só da mãe e do Darren). Estou buscando a vida, e a liberdade, e a mim mesma.

O que eu quero para você, Ez, mais do que tudo, são essas mesmas coisas. Vida, liberdade e sua própria metamorfose para se transformar em si mesmo. Você disse que está finalmente livre agora. Mas está mesmo?

Me responda e me conte como está a escola. Prometo que vou ler. Prometo que vou responder. Porque vale a pena manter você, e eu posso ter desistido de todo mundo, mas não vou desistir de você. Mesmo quando eu não acreditava em mim mesma, eu acreditava em você. Meu único arrependimento por ter ido embora é não ter te arrastado comigo.

Um beijo,
Sua irmã, Gregor Samsa

p.s. Acho que eu devo um agradecimento ao Joe por acolher meu ir-mãozinho. Se você não pode estar aqui ou com o Terrence, prefiro que fique lá do que em casa. Só me faça um favor: tome cuidado.

Assunto: O quê? Quem?
De: Ezra <e89898989@ymail.com>
Para: Bea <b98989898@ymail.com>
Data: qui., 11 de abr. 13:48

Sabe quando você acha que uma coisa vai ser surreal — talvez não no nível *A metamorfose*, mas no nível vida real — e, quando o momento que você temia finalmente chega, é mil vezes mais estranho do que você imaginava?

Bom, a escola foi assim hoje. Eu virei uma celebridade, mas daquele jeito que um cleptomaníaco ou uma vítima de assassinato ganha fama no colégio — só que, no meu caso, não sou criminoso e ainda estou vivo. Na última semana, parecia que todo mundo que olhava para mim me via como seu irmão. Agora estão me vendo como eu mesmo, ou talvez como o filho daquele louco-atirador-em-potencial-do-cinema.

E, com tudo isso acontecendo, sabe no que eu não paro de pensar? No seu cara. Seu homem misterioso.

Sinceramente?

Que. Merda. É. Essa?

Não entendi nada. Quer dizer, como você pode estar livre se está seguindo alguém?

Merda. Tem gente chegando aqui.

Assunto: Quem? O quê?
De: Ezra <e89898989@ymail.com>
Para: Bea <b98989898@ymail.com>
Data: sex., 12 de abr. 01:34

Acho que o Joe está começando a desconfiar que estou mentindo para ele.

Estou no quintal da casa dele agora. Fiquei esperando que ele dormisse, mas ele não dormia nunca. Então acabei dizendo que ia sair um pouco para conversar com o Terrence. E ele perguntou:

— Por que você não pode conversar com o Terrence aqui?

E tudo o que eu consegui responder foi:

— É *particular*.

O que me fez parecer uma criança de dez anos com um segredo falso, e também me fez parecer bastante ingrato, porque o Joe me defendeu mesmo sem ter muito motivo para isso. Mas eu percebi uma coisa: sempre que meu celular acende quando chega uma mensagem, ele olha para a tela querendo ver quem é. Então passei a deixar o celular no bolso.

Enfim, ele está lá em cima agora, pensando sabe Deus o quê. Tenho medo de que pergunte ao Terrence amanhã "Por que precisava conversar com o Ezra tão tarde? O que não podia esperar seis horas até vocês se encontrarem na escola?". O Terrence vai confirmar, mas também vai vir me perguntar depois. Não tenho nem ideia do que vou dizer para ele.

Não me entenda mal, mas como você consegue mentir para tantas pessoas ao mesmo tempo? Como consegue fazer isso sem começar a sentir que tudo em você é uma grande mentira?

Ainda preciso te contar sobre a escola. Sabe quem me procurou na hora do almoço? Jessica Wei. Lembra dela? Éramos amigos nos primeiros anos de colégio. E desde então somos amigáveis-mas-não-exatamente-amigos. Enfim, a Jessica veio com aquelas garotas que estão sempre atrás dela, a Serena e a Taz, e de cara perguntou o que aconteceu ontem à noite. E foi estranho, porque dava para ver que ela não estava querendo fofocar, como a sua querida Lisa Palmer. Mas também não parecia preocupada. Tipo, ela não perguntou porque queria saber se eu estava bem. Mas porque queria saber a resposta... e eu era a única pessoa ali que podia responder.

Senti todas as regras de sempre tentando bloquear a resposta. Não, regras não. Mandamentos. *Se acontece algum problema em casa, você não pode contar para ninguém de fora. A pena é pior que a dor, a vergonha é pior que a ajuda. Mesmo se as pessoas te tratarem mal, você tem que continuar leal a elas. E dê a elas o benefício da dúvida: talvez você seja mesmo um babaca e mereça ser tratado como elas te trataram.*

Você sabe do que estou falando.

Podemos não ter nos transformado em insetos, mas sempre soubemos como era fácil pisar em nós.

Não mais. Foi o que decidi naquele momento, quando os mandamentos começaram a ressoar. Não. Mais.

Então eu disse à Jessica:

— Meu padrasto é um imbecil e achou um jeito de mostrar isso ao mundo inteiro.

Olhei para Serena e acrescentei:

— A única surpresa foi que, quando quer descarregar a raiva, em geral, Darren não precisa de arma, porque ele acha que já consegue fazer bastante estrago sozinho.

Virei para Taz e terminei com:

— Para ser justo com ele, eu tinha acabado de tentar colocar fogo na casa. Mas, para ser justo comigo, ele merecia coisa pior.

Eu achei que elas fossem sair correndo. Achei que elas fossem rir. Achei que fossem pegar os celulares e pedir que eu repetisse tudo para elas mandarem para os amigos.

Não liguei.

Mas sabe o que aconteceu? Antes mesmo que eu conseguisse entender o que estava acontecendo, a Jessica me abraçou. Sem dizer uma palavra. Só me abraçou forte, e a Serena e a Taz, que eu mal conheço, ficaram olhando com cara de aprovação. Então, quando me soltou, a Jessica disse:

— Vai ficar tudo bem.

O que não é verdade, mas é o que as pessoas dizem quando querem que fique tudo bem.

Você acha que ela já sabia o quanto nossa família era fodida? Você acha que outras pessoas sabem? Eu achava que a gente fingia bem. A mãe conversava com as mulheres no supermercado como se a vida dela fosse só cupons de desconto infinitos e sobremesas grátis. Darren assistia a meus jogos de futebol e torcia por mim. Os outros pais gostavam dele. O que Jessica Wei conseguiu ver?

A gente achava que tinha um muro ao redor da nossa história. Mas e se fossem janelas?

O que eu poderia dizer para Jessica quando ela passou a se preocupar? Eu disse que estava bem. Que tinha encontrado outro lugar para ficar.

Jessica disse que elas estavam indo almoçar. Perguntou se eu queria sentar com elas.

Quase surtei. Bea, é tão estranho. Não sei ser visível assim.

Agradeci, mas disse que já tinha almoçado. (Mentira.) Já era excepcional ter contado aquilo a elas. Eu não estava pronto para conversar.

Elas foram. Eu poderia ter escrito mais, mas fui atrás do Terrence. Disse a ele que precisava conversar, que tinha coisas para contar… Então, depois da escola, fomos para a floresta, e eu disse que precisava ir para casa ver se a mãe e o Darren estavam lá e, se não estivessem, pegar algumas coisas. Eu disse a ele que não conseguiria fazer isso sozinho.

Você sabe o que eu sinto pelo Terrence. Você sabe o quanto ele é fofo a ponto de às vezes ser irritante, e outras, bastante assustador. Você sabe que eu não achava que a gente fosse durar duas semanas, e já durou sete meses. Ele sempre esteve ao meu lado, mas desta vez é diferente.

Ele sempre esteve ao meu lado, mas eu nunca *pedi*. Eu nunca admiti — a não ser meio da boca para fora — que precisava dele.

Ele concordou em ir comigo. É claro que concordou. E, no caminho, contei o que tinha acontecido ontem à noite. Fiz uma seção de perguntas e respostas comigo mesmo, porque sabia que ele não ia fazer perguntas tão ferozes quanto as minhas. Fui de trás para a frente, e as respostas foram ficando mais difíceis quanto mais perto chegávamos da origem.

O que aconteceu no cinema?, perguntei.

Contei para ele.

Como você chegou lá?

Contei para ele.

Por que você estava fugindo de casa?

Contei para ele.

Por que você colocou fogo no papel-toalha?

Por que você correu pra cozinha?

Por que sua mãe bateu em você?

Por que você disse isso para sua mãe?

Contei para ele.

Por que sua mãe não te ama?

Foi aí que ficou estranho, porque eu não sabia por que tinha me perguntado isso e não sabia qual seria minha resposta até o momento exato em que respondi.

— Ela me ama. Só não o bastante.

Foi por isso que a Bea foi embora?

— Não. Por isso também, talvez. Mas não, acho que não só por isso.

Estávamos a algumas casas da minha. O tempo todo fiquei conversando de trás para a frente, seguindo meus passos de trás para a frente. E só percebi quando tinha chegado.

— Eu vou lá ver — disse Terrence.

Fiz que sim.

Então tentei me esconder, caso a mãe ou o Darren passassem por ali. (Pelo que sei, o Darren ainda está preso. Mas eu não podia contar com isso.) Me senti como um ladrão no meu próprio bairro. Terrence voltou depois de alguns minutos e disse que o carro da mãe estava lá. Ele achava que tinha visto ela na janela da cozinha.

Abandonei o plano. Não quero ver a mãe. Mesmo que o babaca ainda esteja preso.

Terrence não discutiu. Voltamos para a casa dele. Os pais dele não estavam — o pai estava trabalhando, a mãe, em uma reunião do Grupo de Ação das Mulheres Negras. Normalmente, uma casa vazia seria um convite para um carinho de qualidade. Mas, quando nos abraçamos no quarto dele, foi diferente. Quando nos abraçávamos antes, era o abraço da certeza, de saber que fomos feitos um para o outro e de provar isso o máximo possível. Mas agora? Era o abraço da incerteza. Minha incerteza. Ele perguntou algumas coisas: quanto tempo eu vou ficar na casa do Joe? Eu quero que ele fale com os pais sobre eu ficar com eles? E eu respondi. Mas na maior parte do tempo ficamos com nossos próprios pensamentos, a maioria não tinha como compartilhar.

Jantei lá, depois que os pais dele chegaram. Eles não disseram nada sobre o Darren, o que me fez pensar que ou eles são incrivelmente educados, ou totalmente alheios ao que acontece na cidade. (É claro que o pai do Terrence ainda me vê como o "amigo especial" do Terrence, então a desatenção não é *tão* chocante assim.)

Depois eu voltei para a casa do Joe. Jogamos um pouco de videogame. Não conversamos. Ele só olhava para o meu celular sempre que eu recebia uma mensagem, achando que eu não via.

Agora estou aqui no quintal. Já passa muito da meia-noite, e amanhã tem aula   será que vou ficar de castigo?

Sei que eu deveria ir dormir. Mas tem uma pergunta que eu preciso responder antes.

Você perguntou se algum dia acreditamos em nós mesmos. E, Bea... eu acho que a resposta é sim. Mas sabe o que é estranho? Acho que acreditamos mais em nós mesmos quando estávamos fingindo ser outras pessoas. O Homem de Ferro e a Viúva Negra. Han Solo e Chewbacca. Éramos grandes fingidores — defensores do quintal, guardiões da paz da sala de recreação. Quando saíamos da nossa própria história e entrávamos em outras, éramos crianças risonhas, animadas, destemidas. Talvez eu tenha essa visão por ser o mais novo. Talvez você estivesse só indo na minha. Não sei se isso conta e não sei se é real. Mas quando a gente fingia salvar o mundo eu acreditava que éramos capazes de salvar o mundo.

Tínhamos isso. Não tínhamos muito mais que isso, só um ao outro. Mas tínhamos isso.

Escreva mais logo,
Ezra

Assunto: Os grandes fingidores
De: Bea <b98989898@ymail.com>
Para: Ezra <e89898989@ymail.com>
Data: sáb., 13 de abr. 18:52

Querido Ez,

E aí, como é ser popular?

Ou devo dizer famoso?

De qualquer forma, fico feliz que as pessoas estejam se comportando por enquanto.

Você lembra quando a Jessica Wei perdeu aula durante, tipo, um mês, uns anos atrás? Foi porque o irmão quebrou a mandíbula dela. (Acho que ela colocou a culpa na ginástica, mas não. Ele. Quebrou. A. Mandíbula. Dela.) Tiveram que interná-lo, não sei onde, porque ficaram com medo dele. Pelo menos esse é o boato. Então ela tem aquela visão raio X que detecta quando alguém foi maltratado, por mais que essa pessoa tente esconder. (E éramos bons em esconder. Tínhamos que ser.)

O Joe é intrometido. Sei que ele está preocupado, e sente minha falta, e blá-blá-blá. Não quero parecer insensível, mas ele sempre foi intrometido, mesmo quando eu não tinha ido a lugar nenhum. Ele não consegue deixar ninguém em paz. Tinha que saber de *tudo*. E estar em *todos os lugares*. Ele queria que a gente fizesse tudo juntos, e talvez isso seja legal no início, mas depois de um tempo eu não conseguia mais respirar. Era tipo um cobertor quentinho e macio que a princípio é gostoso, mas de repente quer te envolver cada vez mais forte, e não só seu corpo, mas seu pescoço, e sua cabeça, e sua cara inteira. E o cobertor gruda e se agarra em você como se quisesse ser uma segunda pele, então, antes que se dê conta, você começa a achar que vai morrer sufocado de tão apertado. É o tipo de intrometido que ele é.

O Terrence, por outro lado, é gentil. Sei que ele te irrita às vezes, mas, sério, ele é uma pessoa boa, e nós dois sabemos que isso é difícil encontrar. Se abra um pouco para ele. Pode dizer que teve notícias minhas e ainda tem, mas nada além disso. E faça ele jurar que não vai contar nada para ninguém.

Como mentir para tantas pessoas ao mesmo tempo? Não tendo escolha, só sabendo fazer isso da vida, e só tendo feito isso a vida inteira. Viramos mentirosos no instante em que o Darren chegou. Antes disso, na verdade. Viramos mentirosos quando o pai saiu de casa, embora eu fosse muito nova para lembrar, e você nem tivesse nascido. No instante em que ele desapareceu, a mãe começou a dizer que ele não nos queria mais, e só nos restava acreditar nela. E depois falamos para todo mundo que ele morreu em um incêndio (que ironia, não?) tentando salvar uma família de cinco pessoas. Por que um incêndio? Não sei. Por que uma família de cinco pessoas? Porque achamos que soava legal. Uma mãe, um pai, três filhos. Tudo normal e fácil, a não ser pelo fogo fictício. Eles pareciam tão felizes que a gente tinha que dar um toque terrível a eles, embora nosso pai — aquela versão dele, pelo menos — tenha morrido para salvá-los. Então eles tiveram um final feliz, e a gente, não.

A mãe foi a primeira mentirosa. Aprendemos com ela.

Mas eu não minto mais. Nem para mim mesma, e essa é a parte mais difícil.

Preciso ir, mas vou voltar, e aí vamos falar sobre mim.

Um beijo,
Bea

p.s. Sim, fomos grandes fingidores. Salvamos o mundo várias vezes porque tínhamos que fazer isso.

Assunto: Um dia na vida de Bea
De: Bea <b98989898@ymail.com>
Para: Ezra <e89898989@ymail.com>
Data: dom., 14 de abr. 11:47

Vou andando até o mercado no fim da rua. Um mercado italiano, é claro (se fica no Hill, só poderia ser), e tem cheiro de vinagre doce e alho. O homem que trabalha atrás do balcão comprido de madeira parece estar ali desde que o mercado abriu, em 1923. O nome dele é Franco, e ele tem as sobrancelhas mais cabeludas que já vi. Na primeira vez que entro, ele me observa como uma águia. Preciso pegar cada garrafa, e pote, e vegetal, porque é tudo tão lindo, como objetos vindos de outro mundo. Só consigo pensar que *As pessoas cozinham com isso. Elas vêm aqui, colocam essas coisas na cestinha, levam tudo para suas belas casas, com suas belas famílias, e preparam uma refeição deliciosa em vez de pedir pizza ou jogar uma caixa de cereal e gritar "O jantar está ponto".*

Toda essa minha observação, tão cuidadosa, deixa o velho Franco impaciente, como se estivesse com medo de que eu roube alguma coisa, mas, em vez de ficar me seguindo pela loja ou gritar comigo, ele diz:

Garota, vamos fazer um trato. Você não rouba de mim e eu não roubo de você.

Penso: *Que piada, cara, eu não tenho nada que você vai querer roubar.* Mas digo:

— Combinado.

Então agora vou até lá todos os dias. É a única rotina que tenho nesta nova vida. A esposa do Franco, Irene, é quem compra tudo para o mercado. Ela tem um cabelo preto grisalho comprido que amontoa no topo da cabeça e uma coleção enorme de brincos de papagaio. Ela me disse que uma das filhas mora em San Diego e sempre manda esses brincos apesar de Irene odiar pássaros. E tudo o que ouvi foi que ela era uma boa mãe, que usava esses brincos que nem gosta só porque a filha manda.

Ontem, Franco me deixou usar o computador do escritório. Antes disso, eu estava usando o da biblioteca pública, mas hoje estou aqui sentada em uma cadeira grande de madeira com rodinhas, com um ventilador velho de metal rangendo perto de mim. Tem um sofá-cama grande com vários travesseiros, e um cobertor vermelho, e pôsteres da Itália emoldurados nas paredes. (Irene lê livros de design de interiores quando não está fazendo compras para o mercado.) O escritório tem cheiro de tempero, e estou esperançosa. Não feliz. Ainda não. Mas esperançosa. Quando foi a última vez que você pôde dizer isso?

Aliás, você ia amar a biblioteca. Sei que ler sempre foi mais a minha praia, mas você precisa conhecer esse lugar, Ez. Piso de mármore, janelas em arco, teto alto como uma árvore, candelabros que parecem saídos de Hogwarts. Às vezes entro lá de manhã, escolho uma pilha de livros e fico lendo até a biblioteca fechar.

De volta ao Franco.

Neste momento, no instante exato que digito estas palavras, estou sentada aqui respirando. É uma das coisas que eu faço na minha vida nova. Respiro. Hoje não estou apreensiva, com medo que a mãe e o Darren entrem, porque só tem uma porta, a que leva ao mercado, e quanto mais tempo fico longe deles mais tranquila me sinto. Mais fácil é respirar.

O museu de arte não é longe daqui, mas também não fica pertinho. O hostel também. Só para ninguém me reconhecer dos cartazes de "Desaparecida" inexistentes que *não* estão circulando nos jornais agora. É nisso que a gente pensa quando está fugindo: *Onde fica a saída, o que eu faço se o Darren entrar aqui, será que eu conseguiria fugir da minha própria mãe se ela viesse atrás de mim.* E por aí vai. Ainda estou tomando cuidado. É melhor não dar mole, só para garantir.

Sei que você está pensando no Cara Misterioso. CM de agora em diante. Ele não mora comigo, mas está aqui na cidade. Seria estranho se eu morasse com ele porque ainda não nos vimos exatamente. Pelo menos não pessoalmente. Mas logo isso vai acontecer.

Se estou nervosa? Sim.

Virei minha vida de cabeça para baixo e em parte é por causa dele.

Mas eu não teria feito isso se não achasse necessário. Espero que você saiba. Não é apenas um capricho, ou raiva, ou um foda-se para a mãe e o Darren.

Merda.

Assunto: Um dia na vida de Bea (parte 2)
De: Bea <b98989898@ymail.com>
Para: Ezra <e89898989@ymail.com>
Data: dom., 14 de abr. 12:03

Ouvi vozes no mercado e isso me assustou. Surpresa! Não era a mãe, ou o Darren, ou a polícia em busca de uma garota desaparecida. Era Irene, assoviando para si mesma enquanto abastecia as prateleiras, os brincos de papagaio tilintando.

Me pergunto se você ia me reconhecer agora. Tenho me sentido menos como um inseto. Ainda quase um inseto, mas estou me transformando de volta em humana. Meu cabelo e minhas roupas estão diferentes. Achei que era melhor mudar um pouco, caso alguém começasse a procurar por mim.

O mercado fica aberto até as nove da noite. Talvez eu fique aqui até o mercado fechar ou termine isso e vá dar uma caminhada no rio. Ontem fui até a casa do Scott Joplin, e ninguém diria que todas aquelas músicas foram escritas lá dentro porque parece igualzinha a todas as outras casas ao redor.

Estou começando a me sentir assim. Como se eu pudesse sair deste mercado e subir a rua ou descer até o rio, ou ir até o museu de arte e ninguém nem olharia para mim duas vezes, a não ser para pensar: *Por que será que aquela garota está tão esperançosa?* Talvez alguém invente histórias sobre mim. Talvez se perguntem para onde estou indo e quem está me esperando em casa. Talvez tenham inveja de mim e desejem ter a minha vida. Talvez eu até dê um sorriso e diga oi.

Vou encontrar o CM amanhã e não sei o que fazer até lá. Me sinto como uma criança, Ez. Me sinto como se fosse Han Solo de novo. Como se eu pudesse mesmo salvar o mundo.

Um beijo,
Bea

Assunto: Entre quatro paredes
De: Ezra <e89898989@ymail.com>
Para: Bea <b98989898@ymail.com>
Data: dom., 14 de abr. 13:35

Sua vida parece bem... diferente.

A minha não parece tão diferente assim.

Você vai ter que me contar como é essa coisa de respirar. Como funciona?

Estou tentando muito ser um bom hóspede e não ouvir as conversas do outro lado da parede. Mas, como as conversas são basicamente sobre mim, é muito difícil não ouvir. Eu me sinto um babaca porque o Joe está lá com os pais dele explicando que eu não tenho para onde ir e que é obrigação deles, enquanto cristãos, deixar que eu fique aqui. Até apelou para o acidente, falando que você o ajudou a se recuperar e que me dar uma força neste momento de necessidade é o mínimo que eles podem fazer. Foi exatamente o que ele disse agora: *momento de necessidade*. Ele fala muito mais alto que eles, então eu não ouço as respostas. Uma coisa é certa: ele não vai desistir.

Me sinto um completo babaca porque é isso nele, a capacidade de não desistir, que tem me irritado tanto nos últimos dias. E agora essa mesma capacidade está prestes a me livrar de ter de voltar para nossa casa. O que eu não posso fazer, não posso, não posso.

Entendo perfeitamente o que você diz sobre o Joe. Cada minuto, cada segundo para ele é um momento de necessidade. Não sou namorado dele, mas tenho quase certeza de que ele está me testando para ser seu parceiro. Eu achei que, por ser fim de semana, poderia dormir até mais tarde, relaxar e pensar nas coisas. Talvez respirar, sabe? Mas, no instante em que acordou, ele me acordou também. Sabe para quê? Para jogar videogame. *Durante horas.* Sempre achei que o legal do videogame é que dá para jogar sozinho. E imagino que se eu não estivesse aqui o Joe com certeza estaria fazendo isso. Mas, como estou, videogame virou um esporte coletivo, com ele comentando cada tiro dado, cada ponto marcado, cada lugar explorado. Ele fica tão feliz por ter alguém com quem conversar, e é por isso que tenho tentado encontrar alguma felicidade nisso também. Mas, senhor, às vezes eu quero dar *pause*.

Agora ele está pedindo aos pais *só mais uma semana* — não deve ser um bom sinal ele estar tentando negociar sete dias. Mas espera: agora ele está agradecendo. Tenho que largar este celular para que ele não saiba que eu estava fazendo outra coisa em vez de jogar *Call of Duty* nos últimos quinze minutos.

Assunto: Entre as quatro paredes do banheiro
De: Ezra <e89898989@ymail.com>
Para: Bea <b98989898@ymail.com>
Data: dom., 14 de abr. 13:53

Escondido no banheiro agora.

Eis as novidades:

Não há novidades.

O que quer dizer que o Joe voltou para o quarto, pegou o controle e voltou a jogar. Me perguntou o que ele perdeu. E começou a me contar sobre a vez que ele e Walter conquistaram o Vietnã sozinhos em uma tarde. Ou alguma coisa do tipo — para ser sincero, eu não estava ouvindo. O que quero dizer é o seguinte: ele não disse uma palavra sobre a conversa com os pais. Eu estava junto quando a mãe dele perguntou se eles podiam conversar um pouquinho. Ele sabe disso. Mas acho que não quer que eu me preocupe. Se é só mais uma semana, talvez ele ache que consegue uma prorrogação. Ou talvez queira seu parceiro por perto pelo máximo de tempo possível. Não, isso não é justo. Ele não é obrigado a fazer nada disso por mim. Preciso mostrar mais gratidão.

Também preciso elaborar um Plano B.

Obrigado por deixar que eu conte ao Terrence. Preciso saber o que ele acha disso tudo.

A grande questão é: Como eu saio desta casa sem magoar o Joe?

Assunto: ????
De: Ezra <e89898989@ymail.com>
Para: Bea <b98989898@ymail.com>
Data: dom., 14 de abr. 18:53

A mãe ligou para a mãe do Joe. Foi como se o nome dela fosse um apito de cachorro, e eu, um golden retriever: no instante em que a mãe do Joe disse o nome dela, fiquei logo de orelha em pé. Pausei o jogo que Joe e eu estávamos jogando, e no início ele ficou confuso, mas quando fiz um gesto em direção à cozinha ele entendeu.

Ficamos ouvindo, e logo ficou claro que a mãe estava ligando para dizer que tinha expulsado o Darren de casa e estava desesperada para que eu voltasse e a gente começasse de novo.

BRINCADEIRA. O que ficou claro, na verdade, foi que a mãe estava acusando a família do Joe de abrigar um fugitivo e exigindo a minha volta para que eu pudesse ser julgado e executado. Darren foi solto sob fiança, ou talvez liberado sem acusações — não dava para saber ouvindo só o que a mãe de Joe dizia. A mãe não falou muito sobre isso, só sobre a parte do mande-o-Ezra-de-volta-para-ser-massacrado. Para ser sincero, achei que a mãe do Joe fosse ceder e dizer "Claro, vocês podem ficar com ele". Mas ela me deixou completamente surpreso e se manteve firme, dizendo:

— Olha, eu não acho que seja uma boa ideia, Anne. Acho que ninguém está pronto pra isso.

Eu queria correr e abraçá-la. E, ao mesmo tempo, me sentia tão preso. Minha vida inteira estava sendo decidida por duas pessoas, e nenhuma delas era eu. Quatro, se contarmos o Joe e o pai dele. Cinco, se contarmos o Darren, que com certeza estava em cima da mãe, ditando o que ela tinha que dizer. Eu não queria me sentir tão dependente. Sei que isso é idiota, afinal dependi de outras pessoas a vida inteira. Mas o lance é não se sentir dependente, certo?

Então o Joe, o *Joe*, me disse:

— Ela não vai expulsar você. Ela não vai mandar você de volta para eles. Ela sabe como as coisas são ruins lá. Ela entende.

Mas eu não tinha dito uma palavra. Não tinha contado nada para ele.

Você deve ter contado. Porque deu para perceber que ele sabe qual é a nossa situação. Pelo menos um pouco.

Não sei o que deu em mim. Ouvi a mãe dele desligar. Eu sabia que não deveria estar ouvindo. Mas fui direto para a cozinha. Atrás de mim, o Joe disse:

— Ei!

Mas não conseguiu me impedir. A mãe dele estava parada ao lado da mesa da cozinha, olhando para o nada. Ela nem tentou disfarçar quando eu entrei, não tentou colocar um sorriso no rosto, não tentou mudar o assunto que estava nos sufocando. Não, ela olhou para mim, o estranho que estava temporariamente sob sua responsabilidade.

Eu sei que o Joe quase morreu. Sei que a mãe dele passou por isso. Mas, de verdade, não foi essa a razão de eu ter falado o que falei. Eu não estava pensando nele.

— Você está salvando a minha vida — eu disse a ela. — Sei que você não é obrigada a fazer isso e sei que estou pedindo demais. Se eu puder fazer qualquer coisa para não ser um peso tão grande, eu faço. Mas, enquanto isso, só quero que você saiba que você e a sua família são a única coisa que me separam de uma realidade muito, muito ruim. Acho que você sabe disso, ou eu não estaria aqui. Mas eu queria te dizer isso com todas as letras. Para você ter a dimensão completa do que está fazendo.

Ela assentiu, distraída, e disse:

— Você pode ficar aqui, Ezra, mas isso não vai resolver as coisas. Eu entendo que você não pode voltar para lá, mas uma hora vai precisar conversar com a sua mãe. Principalmente agora que sua irmã está desaparecida… Você é tudo que ela tem.

— Ela tem o marido — eu disse.

— É — a mãe do Joe respondeu. — Mas você é tudo que ela tem, tirando aquele homem.

Aquele homem. Toda a minha situação atual pode ser explicada com essas duas palavras.

— Mães se preocupam — ela acrescentou. — É coisa de mãe.

Eu queria dizer a ela que filhos também se preocupam. Principalmente quando os pais não os amam. Principalmente quando não têm opções de verdade. Principalmente quando sua própria vida é pesada demais para que eles a carreguem sozinhos.

— Ah, mãe — disse Joe, indo até ela e dando um abraço apertado. — Você é demais.

Ela retribuiu o abraço, e eu senti que deveria sair, que, embora aquela cena tivesse sido sobre mim, não tinha lugar para mim nela. Acho que é um dos efeitos colaterais de crescer em uma casa que nos odeia: a gente não sabe como agir quando se depara com o amor.

Resmunguei um "obrigado" e saí de lá. Voltei para a sala e percebi que era minha chance de ir, antes que o Joe voltasse, antes que o Joe quisesse jogar mais. Então saí de lá e fui andando até a casa do Terrence. Mandei mensagem para ele dizendo que estava a caminho. Mandei mensagem para o Joe dizendo que tinha saído. Terrence respondeu dizendo que estaria esperando. Joe respondeu dizendo que eu não deveria ter saído, porque a gente estava a duas fases de um tiroteio incrível.

Estou caminhando até a casa do Terrence agora — vou te poupar de todos os pensamentos que estão passando pela minha cabeça, já que a maior parte deles é só mais uma variação de *O que eu vou fazer agora?*. Espero que o Terrence consiga me fazer chegar mais perto da resposta sem achar que precisa fazer isso imediatamente.

Em outras palavras: não quero que ele ache que estou pedindo para morar com ele.

Depois escrevo mais.

Assunto: Boas notícias, más notícias
De: Ezra <e89898989@ymail.com>
Para: Bea <b98989898@ymail.com>
Data: dom., 14 de abr. 21:03

Estou no parque agora, fazendo hora antes de voltar para a casa do Joe. As coisas com o Terrence não estão boas. Vou tentar te contar aqui. Obviamente, não vou lembrar de tudo palavra por palavra, mas foi basicamente isto que aconteceu.

Quando cheguei lá, ele estava no quarto fazendo o dever de casa. Logo percebi que tinha acabado de começar, porque todos os livros e cadernos estavam abertos no chão. (Ele não guarda nada antes de terminar, então conforme vai terminando as tarefas o chão vai ficando cada vez mais livre, geralmente da esquerda para a direita.) Eu ri porque quase não tinha espaço para eu sentar ao lado dele, tive que empurrar o notebook para conseguir um lugarzinho.

— Então, eu tenho algumas novidades — falei.

Era uma coisa importante poder ter essa conversa.

— Legal — ele disse, sem nem imaginar o que estava por vir. — Quais?

— Tive notícias da Bea.

Agora eu tinha *mesmo* a atenção dele. Terrence se aproximou.

— Nossa! Onde ela está?

Eu sabia que ele ia perguntar isso. Só não esperava que fosse tão rápido. Então me atrapalhei.

— Hum... não posso contar.

Ele se afastou. Parou um pouco antes de dizer:

— Tá booooooooom...

— É sério. Eu prometi.

O Terrence não gostou disso.

— Você pode confiar em mim — ele assegurou.

Mas essa não era a questão. Eu tinha que fazer ele entender isso. Então falei que sabia que podia confiar nele, algo assim, e que tinha certeza de que você também confiava. (Eu poderia ter falado para ele exatamente o que você escreveu no seu e-mail, mas achei que seria estranho.) Eu disse que foi você quem falou que eu podia contar para ele que tinha notícias suas.

— Não contei para mais ninguém — eu disse.

Então ele me surpreendeu mais uma vez ao responder:

— Mas você vai contar para o Joe, né?

Eu disse que não, que Terrence era a única pessoa para quem eu podia contar. Achei que ele fosse ficar todo bobo por você saber que eu precisava conversar com alguém e julgar que ele era a melhor pessoa para isso. Eu disse isso a ele. Mas, em vez de entender ou perceber o quanto isso era importante, ele perguntou:

— O Joe não está ficando louco por não saber?

Eu não entendia de verdade por que o Terrence não parava de falar no Joe.

— É decisão da Bea, não minha.

— Por que ela demorou tanto para entrar em contato com você?

Eu sei que o que respondi é mentira. Minha única explicação é que achei que já tinha dado várias respostas péssimas para ele, e que dizer que já fazia um tempo que a gente estava se falando seria a pior de todas. Então, em vez disso, eu disse:

— Acabei de ter notícias dela, faz uma hora. Por isso vim correndo até aqui.

Mais uma vez, ele não entendeu o quanto isso era importante. Que antes de ter ele, eu não tinha ninguém — que eu teria guardado esse segredo para sempre.

— Foi bem cruel ela ter te deixado esperando todo esse tempo — ele disse.

Eu disse que não, que não era bem assim.

Mas ele insistiu.

— Sério? Então como é?

Ele estava ficando irritado, e eu disse isso.

— Por que você está tão irritado? Não sou eu que decido se estou com raiva da minha irmã ou não?

— Claro. Mas você tem que admitir que está nessa merda em grande parte porque ela te abandonou aqui sozinho.

Eu defendi você.

— Em primeiro lugar, ela teve seus motivos. E, em segundo, eu não estou exatamente sozinho, ou estou?

Isso baixou um pouco a bola dele, que se aproximou de novo e colocou a mão no meu tornozelo.

— Não. Não está. Mas entendeu o que eu quis dizer.

— Claro. Você só tem que acreditar em mim... tudo faz sentido.

Mas, mesmo sendo carinhoso, ele continuou insistindo.

— Olha, eu gosto da sua irmã. Você sabe disso. Mas você tem que admitir que ela não pensa muito nos outros.

— Como assim?

— Estou tentando ajudar você. Tentando te ajudar a enxergar as coisas.

— Mas como você pode enxergar as coisas? Você não tem noção de como era lá em casa.

Ele tomou isso como um convite para dizer:

— Então me conta! Você me convidou para ir lá, o quê, duas vezes? Três? Eu nem teria conhecido sua irmã se ela não desse carona pra gente. E, sim, você me contou algumas coisas... mas não tudo.

Eu não entendia como ele podia esperar que eu contasse. Como qualquer pessoa poderia esperar isso.

Eu disse a ele:

— Não tem como te contar *tudo*. Por que você está pedindo isso? Eu te contei quando o Darren me obrigou a praticar atender o telefone durante duas horas porque achava que eu atendia de um jeito mal-

82

-educado. Eu contei quando me jogaram pra fora de casa e eu dormi no quintal porque não tinha terminado meus afazeres até a hora de dormir. Contei que ele disse para minha mãe não nos dar presentes de aniversário porque isso só nos deixava mimados... e que minha mãe concordou. Isso já não te dá uma ideia?

— Só estou tentando entender.

— Eu sei. E eu agradeço. Mas não tem como você entender. Não tem como ninguém entender. Só a Bea.

Não é uma competição. Não quero que ele ache que é uma competição. Porque que tipo de competição seria se não tem como ele ganhar, e ele nem consegue entender por que isso é uma coisa boa?

Aí ele me perguntou se você planejava voltar. Espero que não tenha problema eu ter respondido que não, eu achava que você não voltaria.

E ele disse:

— Então ela acha que está tudo bem só mandar e-mail?

— É mais complicado que isso.

— Na verdade, eu não acredito muito que seja.

Eu queria saber de onde estava vindo tudo aquilo. Perguntei por que ele estava criticando tanto você.

E ele me respondeu dizendo:

— Por que você não me conta onde ela está?

Eu ofereci o tanto de verdade que a verdade permitia.

— Porque não posso.

— Pode, sim, Ezra. Mas não quer.

— Tá bom. Eu não quero.

Isso pegou. Eu vi as palavras dando o golpe, vi o Terrence perder o chão por um momento e soube que eu tinha feito isso com ele.

Ele deveria ter parado ali. Mas, em vez de parar, ele atacou com mais força.

— E não é só isso. Tem mais alguma coisa que você não está me contando. Eu sei que tem.

Em uma estratégia de contenção de danos, falei o que achei que fosse melhorar as coisas.

— Se tem alguma coisa que eu não estou te contando, juro que não tem nada a ver com você. Tem a ver só comigo — eu disse.

Nesse momento ele tocou meu braço, tocou minha mão e, ainda carinhoso, disse:

— Mas, olha só: eu achava que a gente tinha chegado ao ponto em que uma coisa que tem a ver com você automaticamente tivesse a ver comigo. Eu achava que a gente estava pelo menos perto disso. É como eu me sinto. Mas talvez você não se sinta assim.

Eu me afastei, parecia um joguinho ele estar segurando minha mão.

— Você está transformando essa situação em uma coisa que ela não é — insisti. — Isso não tem nada a ver com eu gostar de você ou não. É claro que eu gosto de você. E confio em você. E amo você. Mas nada disso quer dizer que eu posso te contar tudo. Algumas coisas vou precisar guardar para mim. Algumas coisas não tem como você entender.

— Eu não vou ter como entender se você não me contar!

— Não... não é disso que estou falando. Estou falando sobre você ter uma família boa e uma vida boa, e não, eu não tenho como te explicar como as coisas podem ficar ruins se você não tem ideia do que é ruim. Eu tentei colocar fogo na minha casa, Terrence. Coisa que você nunca ia fazer, nem teria motivo para isso. Posso te explicar por que fiz isso. Posso tentar te fazer entender. Mas eu poderia falar durante horas e horas, e você continuaria sem saber nem um décimo de como é, de quantas coisas estão passando pela minha cabeça ao mesmo tempo. Estou te dando tudo que eu posso, juro. Mas é tudo que eu posso dar. Quando tive notícias da Bea, foi para você que eu quis contar. Foi aqui que eu quis estar. Você não tem motivo para ficar chateado ou irritado ou o que quer que você esteja agora.

Quero tanto te dizer que ele entendeu.

Mas ele não entendeu.

Ele ficou chateado. E eu fiquei puto com isso. E ele percebeu e ficou mais chateado ainda.

Não foi uma briga. Você e eu já vivenciamos várias brigas, e eu sei que aquilo não chegou nem perto disso. Mas, depois de todos esses meses sentindo que o Terrence e eu estávamos cada vez mais próximos, o que eu fiz mostrou que na verdade estamos mais distantes do que ele pensava. E depois disso foi difícil me sentir próximo dele de novo.

Você quer saber como eu sei que o Terrence é uma boa pessoa? Teria sido tão fácil para ele me afastar ainda mais. Não seriam necessárias mais que algumas palavras para fazer daquela ferida algo impossível de curar. A mágoa coloca o orgulho em risco, e sei o dano que isso pode causar. Eu teria magoado mais ele, Bea, se ele tivesse dito as palavras erradas. Mas em vez disso ele disse:

— Acho que o importante é que sua irmã está bem, onde quer que seja. E você não está sozinho.

Então, antes mesmo que eu pudesse responder, ele acrescentou:

— Preciso de uma pizza. O que você acha de uma pizza?

Eu respondi que ele sabia o que eu achava de uma pizza, o que fez ele sorrir e dizer:

— É, acho que sei.

Compramos pizza. (Os pais dele tinham saído.) Sentamos no sofá verde-limão da família e vimos um pouco de Netflix.

Ainda há uma distância entre a gente, Bea. E eu estou confuso. Vou desabafar tudo aqui.

Acho que ele talvez seja a melhor parte de mim.

Acho que provavelmente não é saudável que a melhor parte de mim seja outra pessoa.

Sei que preciso da ajuda dele.

Não sei como pedir. Porque, sejamos honestos, nunca fomos bons em pedir ajuda.

(Falando assim parece que é nossa culpa. Sei que não é nossa culpa. Se pedíssemos ajuda, seria um inferno, e o erro está aí.)

Acho que o que estou dizendo é: sei que estou confundindo ele. Ao mesmo tempo que digo para o Terrence que preciso da bondade dele, também digo que essa bondade o impede de entender de verdade como é a minha vida.

Sei que preciso dar um jeito nisso.

Você também deve estar se sentindo assim; agora que saiu de casa, está vendo com mais clareza como o nosso normal era anormal? Ou talvez você enxergasse mais que eu na época.

Agora vou mandar mensagem para o Terrence agradecendo por ele estar ao meu lado. Espero que isso faça com que ele se sinta melhor e mais próximo de mim.

Talvez eu também peça ajuda com o dever de casa.

Ele adora quando faço isso. Ele finge que se irrita. Mas, juro, ele adora.

Seu irmão anormal,
Ezra

Assunto: Para de pensar só em você, Ezra
De: Ezra <e89898989@ymail.com>
Para: Bea <b98989898@ymail.com>
Data: dom., 14 de abr. 23:36

EU EU EU EU EU EU EU EU EU EU EU EU EU EU EU EU EU EU EU EU
EU EU EU no EU EU EU EU EU EU EU EU EU EU meio EU EU EU EU EU
EU EU EU EU EU EU EU EU de EU EU EU EU EU EU EU EU EU EU EU toda
EU EU EU EU EU EU EU EU EU EU EU EU EU EU EU minha EU EU EU EU
EU EU EU EU EU EU reclamação EU EU EU EU EU EU EU EU EU EU EU
EU EU sobre EU

    EU EU EU EU EU mim EU EU EU EU EU EU EU EU EU EU EU EU EU
EU EU EU EU EU EU EU EU EU EU EU EU EU EU na EU EU EU EU EU EU
EU EU EU EU EU EU EU EU EU EU EU EU EU EU EU EU EU EU EU EU
EU EU EU verdade EU EU EU EU EU EU EU EU EU EU EU EU vou EU EU
EU EU EU EU EU EU EU lembrar EU EU EU EU de EU EU EU EU EU EU
EU EU EU EU EU EU EU EU EU EU EU EU EU te EU EU EU EU EU EU
EU EU EU EU desejar EU EU EU EU EU EU EU EU boa EU EU EU EU EU
EU EU EU EU EU EU sorte EU EU EU EU EU EU EU com o EU EU EU
EU EU EU EU EU EU EU EU EU EU EU EU EU EU EU EU EU EU Cara EU
EU EU EU EU EU Misterioso EU EU EU EU

    EU EU EU EU EU EU EU EU EU EU EU EU EU amanhã.

Do seu irmão amado,
Ezra
QUER DIZER
Do seu irmão que te ama,
Ezra

Assunto: E aí...?
De: Ezra <e89898989@ymail.com>
Para: Bea <b98989898@ymail.com>
Data: seg., 15 de abr. 21:12

Como foi?

Assunto: Estou morrendo aqui. Espero que não esteja morrendo aí.
De: Ezra <e89898989@ymail.com>
Para: Bea <b98989898@ymail.com>
Data: seg., 15 de abr. 23:17

Você sabe que vou ficar pensando que ele era um serial killer enquanto você não me disser que ele não era, né?

Assunto: RE: Estou morrendo aqui. Espero que não esteja morrendo aí.
De: Ezra <e89898989@ymail.com>
Para: Bea <b98989898@ymail.com>
Data: seg., 15 de abr. 23:19

Ou um sequestrador. Não seria uma ironia e tanto?

Assunto: RE: Estou morrendo aqui. Espero que não esteja morrendo aí.
De: Ezra <e89898989@ymail.com>
Para: Bea <b98989898@ymail.com>
Data: ter., 16 de abr. 01:01

Vou dormir agora. É bom que eu acorde com um relato completo dos acontecimentos da noite.

Assunto: Não estou morrendo aqui.
De: Bea <b98989898@ymail.com>
Para: Ezra <e89898989@ymail.com>
Data: ter., 16 de abr. 11:34

Querido Ez,

Você às vezes se sente pequeno? Tão pequeno que caberia no próprio bolso? Pequeno como, sei lá, um bebê, tipo quando alguém tinha que cortar sua comida e te dar na boca? Eu queria ter alguém para fazer isso por mim agora. Ou me trazer refrigerante e biscoitos como a mãe da Sloane faz quando ela está com cólica ou gripada, como a mãe nunca fez, nem mesmo antes do Darren.

Me sinto tão pequena que me pergunto se estou invisível. Me sinto pequena como uma pulga. Estou olhando para meu pé neste momento, e ele está ali, mas é meio que uma surpresa olhar para baixo e ver que ele está ali, e é de verdade, e não é pequeno. (Aliás, meu sapato está totalmente destruído. Eu caminho tanto na minha vida nova que as solas estão gastas.)

Por que você, minha irmã maravilhosa, se sente invisível?

Vou te contar, Ez.

Sou pequena e invisível e estou desaparecendo diante dos meus próprios olhos porque fui até o Lugar Combinado ontem, o lugar que eu tenho imaginado sem parar desde que soube que estava vindo para cá. Fui até lá e fiquei com o coração na mão na frente de todo mundo e estava com uma expressão esperançosa idiota no meu rosto esperançoso idiota e fiquei lá durante noventa e três minutos.

Noventa e três minutos.

Esperando.

Por nada.

Por ninguém.

Porque o Cara Misterioso não apareceu.

O que quer dizer que a sua irmã, Beatrix Ellen Ahern, é uma idiota.

A gente sempre soube disso, né? Talvez você devesse falar para o Terrence. Ele vai amar. Ele vai dizer *Mas isso não é novidade para ninguém.* Só que ele vai dizer todo gentil e com a mão no seu tornozelo.

Eu sei que não deveria ser malvada.

É isso que eu faço, não é? Desconto minha raiva nas pessoas que não merecem. Onde será que aprendi isso? A questão é que acreditei de verdade que ele estaria lá, o Cara Misterioso. Eu disse a mim mesma: *Não coloque todas as suas esperanças nisso, Pequena Sonhadora. As coisas nem sempre acontecem como você quer.*

Mas eu fui e acreditei assim mesmo.

E é claro que ele não apareceu.

E não tive notícias dele.

E estou aqui nessa merda de St. Louis, no Missouri, onde meus únicos amigos são uma mulher com uma coleção de brincos de papagaio e um velho italiano que cheira a alho e tem uma floresta de pelos nascendo nas duas orelhas, meus sapatos têm buracos e estou usando a mesma roupa há semanas, e durmo em um banco na rua ou em um beliche de hostel, e compro minhas refeições em postos de gasolina — quando decido esbanjar e comer —, e comecei a fumar quando consigo arrumar um cigarro com um estranho de tão estressada — e, foda-se, *assustada* — que estou. E você sabe que eu não posso fumar porque sou alérgica, e foi isso que matou a tia Lucy, e antes disso a fez envelhecer quinhentos anos transformando seu rosto em uma ameixa seca. Então é isso que me aguarda agora.

Não importa a situação, Ez, nunca seja como eu. Seja você. Você é a melhor parte de mim. Sempre foi. Você é a única parte boa de mim.

E agora não tenho mais nada. Só meus sapatos esfarrapados, batendo embaixo da mesa, e agora que parei para pensar talvez meu pé não seja mesmo de verdade. Se eu tirar esse sapato, talvez tenha só ar onde meu pé deveria estar. Porque eu sou menor que uma pulga. Eu não sou nada.

Bea

Assunto: Talvez morrendo um pouco.
De: Bea <b98989898@ymail.com>
Para: Ezra <e89898989@ymail.com>
Data: ter., 16 de abr. 11:51

Olha só, nós dois sabemos que eu posso ser bastante autocentrada, então esta é uma tentativa de não ser mais isso além de todas as outras coisas que já sou.

Sinto muito pela reação do Terrence. Sinto muito por eu ser a causa de tudo isso. Se eu não tivesse *deixado minha vida para trás*, vocês seriam só abraços, arco-íris e unicórnios como sempre.

Como de costume, a culpa é minha.

O que também é culpa minha: Você agora sabe que o Joe não é tudo aquilo. Se eu tivesse ficado *mais dois meses*, até a formatura, você não seria prisioneiro na casa de outra pessoa. Seria prisioneiro na nossa casa, mas pelo menos a ideia que você tinha do Joe ia continuar a mesma. E é bom acreditar nas pessoas, né? Eu gostei muito dos quinze minutos que tive disso na minha vida curta e triste.

A mãe. Apesar de tudo, sinto alguma culpa. Talvez seja mais por magoar a pessoa que eu *quero* que ela seja e não a pessoa que ela é de verdade, mas ainda assim é culpa. No fim das contas, pelo menos isso eu tenho, e essa porcaria desse sapato, e essa porcaria de cabelo novo que eu me dei (imagine Kurt Cobain ou Debbie Harry).

Me faça um favor. Mande uma mensagem para o Terrence agora mesmo. Diga para ele que você é péssimo em qualquer dever de casa. Diga para ele que você pode reprovar se ele não te ajudar. Diga para ele que seu sucesso acadêmico depende dele. Deixe claro que ele é importante. Diga para ele que sua irmã foi embora, mas que isso não importa. O que importa é o Terrence. Se concentre nisso.

Dê um beijo no Joe. Ou um abraço, o que achar menos estranho. Diga para ele que é um abraço meu, que é o abraço que você sabe que eu gostaria que ele ganhasse, sabe, se tivesse notícias minhas.

Seja feliz.

E não coloque fogo em mais nenhuma casa.

Embora eu seja obrigada a dizer que isso foi foda demais.

Um beijo,
Bea

p.s. Acredite ou não, também tem a culpa de não gostar do Darren. Eu sei que a mãe ama ele, por motivos que nós nunca entendemos. Tentei ver alguma coisa nele. Qualquer coisa que fosse perdoável ou amável que poderia explicar por que ela ama ele mais do que ama a gente. Mas eu nunca vou entender, Ez. Nunca.

Assunto: Como a Bea surgiu (em uma cidade estranha a quilômetros de casa)
De: Bea <b98989898@ymail.com>
Para: Ezra <e89898989@ymail.com>
Data: ter., 16 de abr. 12:36

Eu poderia te mostrar os e-mails. Não vou, mas poderia. Ele não implorou que eu viesse para cá, mas fez promessas. *Promessas*, Ez.

Eu só quero que você saiba que não pirei. Que existiu um motivo para eu ter trocado nossa casa em Indiana pela sexy e glamorosa St. Louis, aqui no Missouri.

A gente vinha se falando fazia um pouco mais de nove meses. Começou em uma tarde de domingo, que não é bem o dia de coisas extraordinárias acontecerem. A mãe e o Darren tinham saído. Você tinha saído. A casa estava tranquila e um tédio, e me lembro de ter pensado: *Como seria viver em uma casa tranquila e chata o tempo todo?*

Foi um acidente, como encontrei ele. Tuitei alguma besteira sobre ser prisioneira na minha própria casa, na minha cidadezinha, e ele respondeu. Então, bum, ali estava ele. Simples assim.

Eu não respondi. Você sabe como eu sou. E ele tuitou de novo: "Sei que você está aí". E eu me perguntei se ele era médium, ou se tinha uma câmera escondida em algum lugar no meu computador, e fiquei três dias sem nem entrar no Twitter, caso ele tivesse como saber. Fiquei com o Joe, e saí com a Sloane e te levei para a casa do Terrence naquela noite em que a mãe te deixou de castigo. Lembra?

Então não consegui me segurar. Ele ficou na minha cabeça, não me pergunte por que ou como. Então segui ele. No Twitter, não na vida real. Durante quarenta e oito horas ele não respondeu, e eu me senti a maior idiota do mundo. Mas mesmo assim não deixei de seguir, e na quadragésima nona hora ele respondeu. Ele me seguiu de volta. E recebo uma mensagem direta dele dizendo: "A vida é muito mais, sabe, mas parece que você diz para si mesma que não merece. Por que faz isso?".

E meu coração está a cem por hora porque foi a coisa mais profunda que alguém já disse para mim ou sobre mim.

Então escrevo: "Talvez eu não mereça mais".

Ele responde: "Por que você tem tanta raiva?".

Escrevo: "Porque, bom, a vida me deixa assim".

Ele: "Então mude a vida. Pare de reclamar e seja a mudança que você quer ver no mundo, Gandhi".

Eu: "Talvez eu goste de ser infeliz".

Ele: "Não acho isso. Acho que algumas pessoas gostam, mas você não. Você merece muito mais".

Eu: "Você não me conhece".

Ele: "Verdade. Mas percebo as coisas".

Então ele escreve: "Quero conhecer você".

Ninguém nunca me disse isso antes. "Quero conhecer você." A maioria das pessoas que eu conheço deixa bem claro que *não* queria me conhecer, e surge esse cara, esse estranho, que está se dando ao trabalho de conversar comigo. Parece patético, mas eu tinha que acreditar que ele era quem eu imaginava, entende?

Mesmo que eu seja uma idiota.

Eu não decidi ir embora do nada. Isso pode parecer estranho, mas acho que só decidi mesmo ir embora quando já estava indo. Me dei conta a uns vinte quilômetros de casa. Olhei para a estrada e pensei, *Hm. Olha só você sendo a mudança que quer ver.* Quase fiz o ônibus parar para eu descer e voltar. Mas não fiz.

O Franco está preocupado comigo, dá para perceber. Perguntei para ele se podia ajudar na loja.

— Você nem precisa me pagar — eu disse.

Embora eu precise do dinheiro.

Ele disse:

— Hmm.

Eu disse:

— Eu posso arrumar as prateleiras, limpar tudo e ajudar com os clientes. — Ele olhou para o meu cabelo. Meus sapatos. — Ou organizar o estoque, onde ninguém vai me ver.

— Hmm — ele repetiu.

Tomei isso como um sim. Preciso me manter ocupada ou vou perder de vez. A cabeça, digo. Então fui direto para a sala dos fundos, onde ele tem pilhas de caixas esperando para serem desempacotadas. Onde tem teias de aranha nos cantos do teto. Onde tem uma pilha de fotos do mercado ao longo dos anos — 1933, 1945, 1960, 1978 —, as bordas amareladas amassadas, esperando para serem emolduradas. Ele foi atrás de mim e ficou me observando revirar a bagunça para pegar uma escadinha amarela velha — que rangeu quando eu subi —, descobrir uma vassoura encostada atrás da porta do banheiro, e subir na escadinha para tirar a primeira teia de aranha.

— Tá bom — ele disse.

— Tá bom?

Ele levantou as mãos como quem diz "E eu tenho escolha?".

— Ótimo — eu disse.

Então pulei da escadinha e estendi a mão. Ele olhou para minha mão, e seus lábios se mexeram, ameaçando um sorriso. Então ele pegou na minha mão, e selamos o acordo.

Então pelo jeito eu tenho um emprego. Quinze dólares por hora para começar, seis horas por dia, seis dias por semana. Até o verão eu fico rica.

Franco acabou de enfiar a cabeça pela porta e gritar um convite para o jantar, e sei que é porque estou magra, e meu cabelo está uma zona, e meu sapato está uma zona, e minha vida está uma zona. Não vou porque é melhor não depender de ninguém, mas durante um segundo terrível eu achei que fosse chorar na frente dele. Franco odeia todo mundo, menos a esposa.

Não vou voltar para a casa. Não depois de tudo o que aconteceu. Não quero voltar mesmo. Acho que a parte de mim que ainda está respirando morreria, e pronto, isso seria o fim.

Mas o que é que eu vou fazer aqui?

Bea

p.s. Não tente procurar o CM na internet. Você não vai encontrar ele no meu perfil do Twitter porque eu deletei. Desculpa, Ez.

Assunto: CM segundo ato
De: Bea <b98989898@ymail.com>
Para: Ezra <e89898989@ymail.com>
Data: ter., 16 de abr. 17:21

Estou escrevendo da biblioteca, sentada a uma mesa cheia de livros. Cálculo. Física. Antropologia. Provavelmente soa Chato, Chato e Chato para você, ou talvez — como o irmão mais novo dedicado que é — soe como o jeito ideal de passar uma terça-feira.

Trabalhei o dia todo no Franco e, embora seja bom me movimentar e manter minhas mãos ocupadas, meu cérebro precisa de alguma coisa em que se concentrar. Caso contrário, eu só fico aflita e preocupada me perguntando o que eu fiz para assustar o Cara Misterioso. Ou, em vez disso, fico em um estado de fúria e penso em todas as coisas que gostaria que acontecessem com ele.

Então estou estudando só porque preciso da distração, e esta biblioteca é o lugar mais lindo que eu já vi, e estes livros já estavam aqui nesta mesa quando sentei.

Você sabia:

Que o pênis humano fica ereto graças ao fluxo de sangue, mas outros mamíferos têm um osso peniano?

Que os neandertais eram ruivos?

Que se o sol fosse feito de bananas, seria tão quente quanto é hoje, feito de gás?

Que acontecimentos no futuro podem mudar acontecimentos no passado?

Pense nesta última, Ez. *Acontecimentos no futuro podem mudar acontecimentos no passado.*

E se tudo o que a gente fizer amanhã — cada escolha nossa, grande ou pequena — for capaz de mudar nosso passado de merda e zoado? Será que de repente viraríamos outra pessoa? Estaríamos em outro lugar com outra família? A mãe teria ficado com o pai?

Ou será que deixaríamos nosso passado ainda pior? Tipo, o Darren seria nosso pai verdadeiro?

Não sei se gosto dessa ideia. Quero gostar, mas isso coloca uma baita pressão no amanhã.

Assunto: CM terceiro ato
De: Bea <b98989898@ymail.com>
Para: Ezra <e89898989@ymail.com>
Data: ter., 16 de abr. 18:04

Tá.

Logo depois que mandei o último e-mail chegou isto. Do Cara Misterioso:

"Surgiu um imprevisto. Desculpa. Posso te recompensar?"

Eu queria dizer não, Ez, mas não vou. Já estou muito envolvida nisso. Respondi: "Claro".

Uma palavra, quando na verdade eu queria escrever sessenta: *Não parta meu coração de novo. Ele já foi partido mais vezes do que é capaz de suportar, então se está planejando me dar um golpe ou me deixar esperando de novo, por favor, só não faça isso. Me diga agora que isso tudo termina com a pobre Bea e seu pobre coração despedaçado para que eu possa me preparar.*

Ao mesmo tempo estou pensando: *Sua idiota. Sua idiota e ingênua. Vá para casa. Termine os estudos. Implore ao Joe que te aceite de volta. Fique ao lado do seu irmão. Não vire as costas para a sua mãe. Admita que errou. Peça desculpas para todo mundo. Até para o Darren.*

E ao mesmo tempo estou pensando: *Por favor, por favor, por favor, que ele exista de verdade.*

Assunto: RE: CM terceiro ato
De: Ezra <e89898989@ymail.com>
Para: Bea <b98989898@ymail.com>
Data: ter., 16 de abr. 19:21

O que eu não entendo é por que ele te chamou de Gandhi. Tem certeza de que ele te conhece mesmo?

Assunto: RE: CM terceiro ato
De: Ezra <e89898989@ymail.com>
Para: Bea <b98989898@ymail.com>
Data: ter., 16 de abr. 19:23 (Horário Padrão do Leste)

Eu sei, eu sei. Nada a ver. Eu só estava tentando fazer você rir. Tá bom?

Assunto: Vendo daqui
De: Ezra <e89898989@ymail.com>
Para: Bea <b98989898@ymail.com>
Data: ter., 16 de abr. 19:29

Não sei por que você aceitaria um conselho meu... mas, por favor, tome cuidado. O nobre cavaleiro pode ser ótimo para um combate e pode ter aberto o portão para tirar você do castelo, mas pode muito bem se revelar um completo babaca quando finalmente descer do cavalo. Não quero ser duro demais com ele, vai que ele acaba mostrando ser uma boa pessoa. Mas é muito mais fácil dar apoio a alguém com uma mensagem no Twitter. É muito mais difícil fazer isso pessoalmente.

Enquanto isso, a mãe quer a bolsa dela de volta.

Desta vez eu não fui chamado na diretoria. Southerly me encontrou nos corredores.

— Sua mãe ligou — ele disse. — Ela quer a bolsa de volta.

Eu soltei aquela risada de desdém.

— Isso significa que você ainda está com ela? — continuou Southerly. — Ela disse que cancelou os cartões de crédito, mas que facilitaria as coisas ter a carteira de motorista de volta.

— Claramente, eu existo para facilitar a vida dela.

Eu achava que Southerly talvez fosse capaz de rir da situação, mas ele foi severo ao dizer:

— Cuidado, sr. Ahern. Ela está acusando você de roubo.

— Se é esse o caso, por que você não pergunta para ela o que fez com o dinheiro que minha avó deixou para mim e para minha irmã? Tenho quase certeza de que, quando decidiu nos deixar um dinheiro para a faculdade, minha vozinha não pensou que ia acabar pagando as dívidas estudantis *do meu padrasto*. Ou a fiança dele. Diga à minha mãe que, se ela quer jogar o jogo da acusação, eu tenho *muitas* cartas boas na manga.

O vice-diretor Southerly, coitado, não tinha nenhuma resposta para aquilo.

— Vou devolver a bolsa e a carteira de motorista — garanti.

Mas não falei que provavelmente invadiria minha própria casa para isso.

Primeiro, preciso que muitas pessoas durmam.

Assunto: Por favor, me diga que não é assim que o amor funciona
De: Ezra <e89898989@ymail.com>
Para: Bea <b98989898@ymail.com>
Data: ter.,16 de abr. 23:14

Ah, cara. O Joe perdeu a cabeça hoje.

Acho que eu já deveria saber que isso ia acontecer. Quando um avião fica sobrevoando por muito tempo, a gente imagina que uma hora o combustível vai acabar e ele vai cair na nossa cabeça.

Quando entrei no quarto dele, o Joe estava sentado na cama, olhando para o nada. Não de um jeito zen, e sim como se estivesse em choque. Tentei passar por ele de fininho e ir para a cama de cima do beliche, mas antes mesmo que eu chegasse à escada ele disse:

— Ela nunca me amou, né?

— Como assim? É claro que ela te amava.

— Não amava, não. Não do jeito que eu queria que ela me amasse.

Não pareceu a hora certa para dar um abraço ou um beijo por você.

Ele continuou:

— Faz três semanas, Ezra. *Três semanas.* Nem uma palavra. Se ela me amasse, já teria falado alguma coisa.

— Ela deve ter seus motivos...

Ele lançou um olhar cheio de amargura para mim.

— É... e o motivo é que ela não está nem aí para mim. Eu nunca deveria ter feito o pedido. Eu sabia que isso ia assustar a Bea... e foi exatamente o que aconteceu.

Não consegui segurar.

— *Feito o pedido?*

(Quer dizer, sério, Bea.)

— Eu não tinha um anel nem nada. Mas queria que a gente prometesse ficar junto para sempre. Sentia que a gente deveria fazer isso. Depois de tudo o que tinha acontecido. É claro que você não sabe... É claro que ela não contou para ninguém. Acho que ficou *com vergonha*. Eu estava tão chateado aquela noite, Ezra... estou falando da noite do acidente. Não da noite em que fiz o pedido. Na noite do acidente, achei que estava tudo acabado, e não tinha nenhuma intenção de me machucar, eu só não estava prestando atenção... E quando acordei no hospital pensei: *Seu babaca, você só queria viver com ela e quase acabou se matando*. Eu disse isso para ela... e durante uns dez segundos achei que ela sentisse a mesma coisa. Mas isso nunca ia acontecer. Eu sei. Ela não queria terminar o relacionamento com o cara que tinha acabado de sofrer um acidente. Eu provavelmente sabia disso também. Mas deixei rolar, porque pelo menos ainda estávamos juntos. A Sloane me avisou. Ela disse que a Bea estava me usando. Ela disse que eu ia acabar com a minha vida por alguém que iria embora sem nem olhar para trás. Isso foi antes de a Bea sumir pra valer. Mas a Sloane estava certa, né? Três semanas e até agora nenhuma palavra. *Três semanas.*

Eu tentei. Eu disse:

— Tenho certeza que ela não queria que você se sentisse assim. Tenho certeza que isso não tem a ver com você.

— Como pode ter certeza? — ele perguntou. Então deu uma boa olhada nos meus olhos. — Você não teve notícias dela, teve?

— Não — respondi, por reflexo.

Foi quando percebi que ele não acreditou completamente em mim.

— Você não me contaria se tivesse, né? — ele insistiu. — Vocês dois sempre foram muito unidos. Você ajudou ela, né?

— Não! — respondi, enfático. — Eu não sabia que ela ia embora, assim como você não sabia.

(E não sabia mesmo.)

— Mas ela entrou em contato com você, não entrou? Todas essas mensagens no celular...

— As mensagens são do Terrence.

(E são mesmo. Ele disse *mensagens*.)

— Então me dá seu celular. Deixa eu ver.

Fiquei feliz por estar com o celular no bolso, porque eu juro que, se naquele momento ele estivesse em algum outro lugar do quarto, nós dois teríamos saltado para pegar.

Fiz que não.

— Não. Não deixo.

— Por que não, se você não tem nada a esconder? Eu tenho sido seu amigo, não tenho, Ezra? Que tal você ser meu amigo agora?

Comecei a me afastar.

— Minhas mensagens com o Terrence são íntimas — eu disse. — Não posso deixar você ler.

— Não vou ler as mensagens do *Terrence*. Quero ver as mensagens *dela*.

A questão é que eu sempre apago o histórico do celular depois de escrever para você, exatamente como faço na escola. Mas e se ele conseguisse rastrear de algum outro jeito — eu lá entendo alguma coisa de celulares?

— Não tem nada para ver — falei. — Nada mesmo.

— Eu deveria saber que você ia ficar do lado dela! Não importa o quanto eu seja legal, o quanto eu ame a Bea... é impossível se aproximar de qualquer um de vocês. Mesmo dela. Mesmo depois de tudo o que passamos.

Isso me deixou puto.

— Você sofreu um acidente, Joe — destaquei. — Um acidente que foi *culpa sua*! Eu e ela passamos por muito mais que isso. *E você sabe*.

No instante em que as palavras saíram da minha boca, eu soube que mandei mal. Fui cruel. Tecnicamente correto, mas emocionalmente errado.

Falei mesmo assim.

Porra, Bea, e se nós formos mesmo uma combinação do que há de pior em nossos pais? E se isso for o melhor que podemos ser?

Foi quando ele veio rápido para cima de mim. E pelo jeito eu achei que merecesse, porque nem me mexi. Deixei que ele me derrubasse, que ele dissesse, sem fôlego:

— Não diga isso!

Deixei que o Joe me derrubasse no chão. Deixei que chorasse em cima de mim porque ele não tinha como enxugar os olhos e me segurar ao mesmo tempo.

— Desculpa — eu disse. — Desculpa mesmo.

E o mais patético?

Fiz questão de rolar para que todo o meu peso ficasse em cima do bolso com o celular.

Mas ele não tentou pegar. Não que eu tenha percebido pelo menos. Não, foi pior que isso. Ele só levantou e gritou:

— PORRAAAA!

O mais alto que conseguiu. O que era exatamente o que eu queria fazer.

O pai dele apareceu na porta mais ou menos um minuto depois. Não era tarde, mas ele já estava de pijama.

— O que está acontecendo aqui?

Por sorte eu já tinha conseguido levantar.

— O tonto bateu o dedo — respondi, apontando para o pé descalço do Joe.

O pai dele fez uma careta.

— Bom, isso é sempre um saco. Mas da próxima vez talvez você possa dizer "Droga", por causa da sua mãe. Ou, Ezra, dê um travesseiro para ele gritar.

— Pode deixar, senhor.

Depois que o pai dele saiu, o Joe só balançou a cabeça.

— Vocês são tão bons nisso — disse. — Espero que curtam, de alguma forma, fazer todos nós de bobos.

— Não é isso — eu disse.

— Então o que é?

— É uma questão de sobrevivência. É simplesmente uma questão de sobrevivência.

★

Mas agora que parei para pensar... Com quem aprendemos isso?
Se alguém perguntar, diga que caiu da bicicleta e ralou os joelhos.
E eu disse *Mas nós não temos bicicletas.*
E ela disse *Eles não vão perguntar.*

Não vou pensar nisso agora. Joe está dormindo — a mãe e o Darren também vão estar dormindo.
É hora de invadir nossa casa.
Preciso de algumas coisas.

Assunto: Não é assim que o amor funciona
De: Bea <b98989898@ymail.com>
Para: Ezra <e89898989@ymail.com>
Data: qua., 17 de abr. 00:13

1. Não estou gostando disso, Ez. Só jogue a bolsa no gramado. Não entre.
2. Se entrar, POR FAVOR, TOME CUIDADO.
3. POR FAVOR, NÃO DEIXE QUE ELES TE PEGUEM. Mas, se pegarem, finja sonambulismo. Lembra que eu fazia isso? Até o Darren tentar instalar uma tranca na minha porta — para me prender lá dentro? Diga que é de família. Que é sua vez agora. Ou, se der tudo errado, comece a gritar como o Joe!
4. Falando no Joe. Desculpe não ter falado nada sobre o pedido, mas, em minha defesa, eu me senti péssima. Quer dizer, que tipo de pessoa tenta várias vezes amar alguém e não consegue? Não só o Joe, a mãe, o Darren, a Sloane. Tirando você, que é a única pessoa que eu amo de verdade neste mundo... e olha o que eu fiz com você. Te transformei em um ladrão e em alguém que bota fogo na casa.
5. E é por isso que espero que desta vez seja diferente. Como o Cara Misterioso. Preciso que seja, Ez. Preciso acreditar que não sou um monstro sem coração. Joe estava errado. Eu não estava usando ele. Estava *tentando* amar ele. É diferente. Tem uma coisa que ninguém sabe a meu respeito: mesmo depois de tudo o que passamos, eu ainda acredito, acredito de verdade, profundamente, inexplicavelmente, no amor.

Assunto: Como unha e carne
De: Ezra <e89898989@ymail.com>
Para: Bea <b98989898@ymail.com>
Data: qua., 17 de abr. 01:19

Primeiro, preciso te tranquilizar com uma afirmação simples: A BOLSA FOI DEVOLVIDA. Tenho certeza de que você estava muito preocupada com isso.

Segundo, fique tranquila, pois uma canetinha preta tratou de riscar todas as formas de identificação da nossa mãe, assim como o sobrenome do Darren em cada uma delas.

A foto dele que ela guarda na carteira talvez tenha sido desfigurada também. É difícil desenhar um pênis pequeno, sempre acaba parecendo um ponto, então fiz questão de escrever que era um pênis pequeno.

Quanto às fotos de nós dois que ela guarda na carteira... bom, tenho certeza de que não encontrei nenhuma porque ela prefere guardar todas as nossas fotos mais perto do coração. *Com certeza* é isso.

Terceiro, eu não mexi nos comprimidos nem nos produtos de higiene feminina. Porque sou um cavalheiro.

Ah, e quarto... eles não me pegaram.

Quer dizer, tirando isso tudo, foi estranho estar de volta em casa. Acho que para você também seria se voltasse agora. Não que alguma coisa esteja realmente diferente. (Embora as marcas do fogo na cozinha sejam lindas, modéstia à parte.) É como se você voltasse a um lugar que não muda, mas percebesse que *você* mudou. Foi como caminhar pelo passado, não pelo presente. E só passaram alguns dias.

Ela estava no quarto. Ele estava desmaiado na sala.

As condições normais de Fique Quieto na nossa casa.

É errado dizer que eu odiava morar naquele lugar mas que ainda existem partes dele que eu amo? Tipo, nunca foi culpa do meu quarto eu ser infeliz. Ele nunca fez nada contra mim. Na verdade, era o único espaço que eu podia tornar meu.

Peguei umas roupas, mas não pude pegar todas. Peguei três livros, mas não pude pegar o resto. Encontrei umas fotos de nós dois, e minhas com o Terrence. Aquela foto em que estamos você e eu e a vovó. Umas bermudas, porque o verão está chegando.

Também abri meu outro grande esconderijo. Lá, no bolso de um dos meus moletons, um cofrinho de plástico. Do tipo que dá para abrir sem quebrar.

Eu sempre quis dar esse cofrinho para você.

Assunto: Confissão
De: Ezra <e89898989@ymail.com>
Para: Bea <b98989898@ymail.com>
Data: qua., 17 de abr. 02:04

Não. Não posso simplesmente deixar assim.

Acho que você entende. Mas dizer isso é tirar o corpo fora. Eu preciso admitir.

Preciso pedir desculpas.

Desculpa por nunca ter te dado o cofrinho.

Desculpa por precisar fazer um para você, para começar.

Eu sei que eu só tinha nove anos. Mas isso não é desculpa. Eu estava com tanto medo dele, mas isso também não é desculpa. Quando ele perguntou quem tinha quebrado a lâmpada, eu deveria ter confessado e falado a verdade. Mas apontei para você. Vi uma oportunidade e pulei fora. Quando você protestou, eu insisti ainda mais. Porque aí passou a ter o risco de ser pego quebrando a lâmpada *e* mentindo.

Eu não sabia o que ia acontecer quando ele nos fez subir até o seu quarto. Eu só sabia que ia ser ruim. E o que ele disse — "Você quebra as coisas, você faz as coisas quebrarem" — foi isso? Ele sabia exatamente o que ia fazer. Você tinha aquele cofrinho, aquele cofrinho de cerâmica, desde pequenininha. E nunca tinha colocado nenhuma moeda, porque só poderia pegar de volta se o quebrasse.

E ele fez isso. E pisoteou os cacos, ainda por cima, e disse que se você não juntasse cada caquinho tanto do cofrinho quanto da lâmpada, ele ia quebrar mais alguma coisa do seu quarto, e continuaria quebrando tudo até você juntar todos os cacos. Quem tem uma ideia dessa, Bea? Eu não estou inventando isso, né? Às vezes me pergunto se não é invenção da minha cabeça. E também me pergunto se tem coisas que bloqueei.

O mais idiota é que só hoje percebi que ele estava punindo nós dois. Eu achava que era você. Mas ele me fez ficar assistindo e não me deixou ajudar. Ele sabia o que isso ia fazer comigo.

Me senti tão mal. Passei meses roubando moedas dele e da mãe e comprei outro cofrinho para você. Depois fiquei com medo que ele descobrisse e te castigasse de novo por ter arrumado outro cofrinho. Então escondi. E continuei roubando quando dava. Deles.

Sei que é idiota pedir desculpa por isso seis ou sete anos depois. Mas é o que estou fazendo agora.

Acho que esse é o risco de ir para casa: deparar com toda a dor e toda a culpa misturadas.

Mas pelo menos tenho roupas agora.

Tá, é hora de voltar para a casa do Joe e entrar escondido.

Mais amanhã.

E ainda te devo um cofrinho.

Um beijo,
Ezra

Assunto: Uma complicação
De: Ezra <e89898989@ymail.com>
Para: Bea <b98989898@ymail.com>
Data: qua., 17 de abr. 02:09

Acho que o Joe me trancou do lado de fora.
    E estou quase sem bateria.
    Merda.

Assunto: O Joe é um CRIANÇÃO
De: Bea <b98989898@ymail.com>
Para: Ezra <e89898989@ymail.com>
Data: qua., 17 de abr. 01:16

Espero que ele roube seu celular e veja este e-mail.

JOE, SE ESTIVER LENDO ISTO, PARE DE SER BABACA!

Quero que você bata na porta até os pais dele te deixarem entrar. O Joe pode parecer quase um adulto, mas por dentro tem *quatro* anos, e você não pode permitir que ele faça esses joguinhos infantis idiotas.

(Desculpa se estou sendo muito dura, mas estou Tão. Cheia. Da. Babaquice. Dele. VOCÊ ESTÁ LENDO ISTO, JOE? ESPERO MUITO QUE ESTEJA! Nós temos problemas de verdade. Ez, você e eu, e isso é algo que ele nunca entendeu. Eu sei que todo mundo tem que aturar sua cota de merdas, e quem sou eu para dizer que a nossa é pior que a dele, mas a verdade é que *é* pior que a dele. Muito pior. Então, na minha opinião, ele podia agir como homem e abrir a porta para você, caralho.)

ESTÁ ME OUVINDO, JOE? SEJA HOMEM E ABRA A PORTA!!

Assunto: Uma confissão
De: Bea <b98989898@ymail.com>
Para: Ezra <e89898989@ymail.com>
Data: qua., 17 de abr. 01:23

Vou ficar sentada aqui enquanto você não disser que entrou.

Eu te contei que o Franco e a Irene estão me deixando ficar aqui? Eles disseram que posso usar o sofá-cama e o banheiro ao lado (com chuveiro!) e pagar cinquenta dólares por mês, só vinte a mais do que o hostel cobra *por noite*. Quando eu disse:

— Eu ainda não tenho dinheiro.

O Franco respondeu:

— Você já está trabalhando.

E foi isso. O Franco sabe e eu também que ele podia cobrar mais por este quarto, mas ele não quer. No fundo, ele é uma manteiga derretida.

Fiz questão de não chorar porque ele ia desabar e talvez até voltar atrás, então só fiz que sim, obrigada, e não dei muita importância. Mas é importante, Ez. É muito importante.

O Franco me mostrou as novas caixas de azeite de oliva, de pasta de azeitonas e de biscoitos que tinham chegado e precisavam ser separadas. Ele me mostrou como colocar o preço, em que prateleira guardar e como mexer na máquina registradora antiga, o que quer dizer que alcançamos um nível bem alto de confiança aqui.

Então ele repetiu o convite para o jantar, mas eu disse que estava cansada e que meu irmão mais novo estava com problemas, e eu precisava ver se ele estava bem. Não disse que você estava *invadindo a nossa casa e desenhando pênis nas coisas*.

(É legal, né? Ele confiar em mim a ponto de me entregar as chaves? Chegamos tão longe, o Franco e eu.)

Estou feliz por você ter entrado e saído ileso. Parte de mim queria que você não fosse *tão* cavalheiro e tivesse feito uma baderninha, mas estou contente por você ter saído de lá em segurança.

Sim, eu me lembro do cofrinho.

Como se fosse ontem.

Você não precisa pedir desculpa.

Você tinha nove anos, Ez. *Nove.*

O que poderia fazer?

Essa é uma das coisas em que a mãe e o Darren sempre foram brilhantes: nos colocar em situações impossíveis. Situações em que ninguém deveria estar, muito menos *crianças.*

Então, mais uma vez, você não precisa pedir desculpa.

Além do mais, eu tenho uma confissão a fazer.

Eu deveria ter te contado antes, desculpa por não ter feito isso.

Quero entender por que não fiz.

Vai parecer idiota, mas eu tinha medo de que, se te contasse — se eu simplesmente dissesse em voz alta —, desse tudo errado.

Ainda estou com um pouco de medo de que isso aconteça.

É que as coisas boas duram pouco, né? Eu tinha que ter certeza.

Em tese, ainda tenho que ter certeza, mas já cheguei até aqui e, além do mais, sinto que devo isso a você.

O Cara Misterioso é o pai, Ez.

É o pai.

Mas, espere, tem mais.

Ele disse que a mãe nos afastou dele. Não em uma espécie de batalha pela nossa guarda que ela ganhou e ele perdeu.

Foi meio que pluft!, sumiu num piscar de olhos.

Meio que fomos roubados.

O significa que... essa vida de merda que a gente tem? Não era para ser assim. Era para a gente ter uma vida boa com um pai que nos ama, aqui em St. Louis, no Missouri. Era para sermos crianças felizes em uma família feliz. Era para sermos amados.

É engraçado, né? De um jeito bem zoado. Todo mundo acha que eu fugi de casa quando, na verdade, eu estou *indo* para casa. Nenhuma surpresa que eles não apareçam nos jornais, me implorando para voltar. Eles são *sequestradores*. Pelo menos a mãe é.

Desculpa não ter te contado. Eu tinha que ver com meus próprios olhos antes. Para ter certeza. Para ver que não é o Darren. Que não é a mãe. Preciso saber que ele é um lugar seguro.

Acho que vamos colocar aquela teoria da física à prova, a de que acontecimentos no futuro mudam o passado.

Vamos nos encontrar quinta (tecnicamente amanhã). Desculpa por não ter te contado. Desculpa não ter te trazido. Mas se ele for realmente quem parece ser — se isso não for uma pegadinha diabólica que a mãe e o Darren aprontaram — pode ser que não seja tarde demais para nós afinal.

Assunto: Olhando pelo lado bom
De: Bea <b98989898@ymail.com>
Para: Ezra <e89898989@ymail.com>
Data: qua., 17 de abr. 01:27

Em algum momento da nossa vida, a mãe nos quis.

Assunto: Não sei por onde começar
De: Ezra <e89898989@ymail.com>
Para: Bea <b98989898@ymail.com>
Data: qua., 17 de abr. 07:40

Tinha uma janela aberta. Eu pulei, dormi no sofá, carreguei o celular, saí antes que o Joe acordasse.

E fui andando para a escola. Vi meus e-mails.

E isso. Agora, isso.

Nem sei por onde começar, Bea.

Vou só escrever.

De todos os segredos que você poderia guardar de mim, ESSE É UM SEGREDO E TANTO. E também... O QUÊ?!? Sei que eu nem tinha nascido quando ele foi embora. Sei que você só tinha três anos. Então nossas memórias não são as mais confiáveis. Mas mesmo assim... você está dizendo que a mãe nos sequestrou? Sem nenhum motivo? Só para ficar passando perrengue sozinha durante tantos anos? Por DESPEITO? Desculpa. Não. Não faz sentido. Você acha mesmo que, durante todos esses anos, era tão difícil assim nos encontrar? E aí ele te manda uma mensagem no TWITTER?!? E dá um perdido no primeiro encontro de vocês?

Lembra aquele conselho que eu te dei antes sobre o nobre cavaleiro? SE APLICA EM DOBRO AQUI.

Eu te conheço, Bea. Sei que você quer que eu me anime com essa reviravolta. Sei que você quer que essa sua fantasia seja verdade. Eu entendo. De verdade. Isso é o que você sempre quis. Todas as vezes que a casa estava caindo você me dizia que ele estava por aí, esse pai melhor, fora de alcance. Eu gostava dessa história... mas sempre pareceu só uma história para mim. Talvez seja porque você chegou a conhecer ele de verdade — ele te abraçou, te viu, e a mim não —, mas eu nunca acreditei nesse pai como você acreditou. Talvez esse ainda seja o caso agora.

Sei que você quer ouvir o lado dele. Mas, por favor, não esqueça: continua sendo só uma história.

Desculpa, mesmo. Por que não consigo ficar feliz por você? Por nós? Por que não consigo me emocionar com essa notícia?

Minha mente está a mil. Não vou mentir. Porque se o que ele diz for verdade — se não foi culpa dele, se estava por aí todo esse tempo —, não sei se isso realmente melhora a situação. Talvez até piore. Para mim, pelo menos. Passamos por tudo aquilo porque não tínhamos opção, Bea. Chegar agora e dizer que esse tempo todo tínhamos opção, sim... isso me mata. E me faz querer matar ele também. Porque eu não acredito, eu NUNCA vou conseguir acreditar, que ele não tinha como nos encontrar.

Eu deveria largar este celular. Eu deveria deixar você fazer o que planeja. Estou tão puto com você por não ter me contado e por fazer isso sem mim. Tenho tanto direito de estar aí quanto você, Bea. Sei que não me excluiu por maldade. Sei que você me ama e jamais faria isso, e sei que está tentando enfrentar uma questão de cada vez, assim como eu agora. Mas mesmo assim. Eu me lembro do que você disse sobre ele; como ele te incentiva, a liberdade que ele oferece. Sobre correr atrás de alguma coisa em vez de fugir. Se ele foi o que você precisava para perceber tudo isso, ótimo. Mas não saia de uma armadilha para cair em outra.

Por que é mais fácil para mim pensar em você sozinha do que com ele te ajudando por aí? Não sei.

Acho que o que estou dizendo é o seguinte: não passe pano para ele só porque quer muito que ele seja o que você sempre imaginou. Não é porque carregamos parte do seu material genético que ele automaticamente tem o direito de se dizer nosso pai. Ser nosso pai não é uma posição que se consegue assim, automaticamente; tem que ser conquistada. Então deixe ele conquistar essa posição, Bea. Se é que ele merece.

Se não merecer, corra atrás de outra coisa. Por favor.

Agora, falando em merecer... preciso falar umas poucas e boas para o Joe.

Assunto: ?
De: Ezra <e89898989@ymail.com>
Para: Bea <b98989898@ymail.com>
Data: qua., 17 de abr. 08:35

___

Escrevendo na aula. Só para dizer que não consigo mesmo acreditar em nada disso.

Assunto: ???
De: Ezra <e89898989@ymail.com>
Para: Bea <b98989898@ymail.com>
Data: qua., 17 de abr. 08:37

Também quero ir correndo até a mãe gritando para ela me contar a verdade.

Assunto: Não foi exatamente o confronto decisivo
De: Ezra <e89898989@ymail.com>
Para: Bea <b98989898@ymail.com>
Data: qua., 17 de abr. 12:10

Então meu grande confronto com Joe foi assim.

Eu: Cara, por que você me trancou para fora ontem à noite?

Joe: Mano, eu não te tranquei para fora.

Eu: Bom, quando eu voltei da casa do Terrence, a porta estava trancada.

Joe: Deve ter sido minha mãe. Por puro hábito. Ela sempre tranca a porta à noite e não fazia ideia de que você ainda não tinha chegado.

Eu: Nessa pausa, estou decidindo se vale a pena confrontá-lo. Mas isso significaria me mudar para a casa do Terrence. E se eu fizer merda lá, fico sem opção. Além disso, depois da noite passada, não sei como Terrence ia se sentir se eu fosse para lá. Quer dizer, ele ia aceitar, e provavelmente os pais dele também, mas só por um ou dois dias. Então analiso minha situação e digo...

Eu: Sem problemas. Meu celular morreu, então não tinha como mandar mensagem. Da próxima vez vou levar uma chave.

Joe: É, boa ideia.

Então acho que ainda tenho um lugar para dormir.

129

Assunto: Só para o caso de você achar que estou pensando em qualquer outra coisa
De: Ezra <e89898989@ymail.com>
Para: Bea <b98989898@ymail.com>
Data: qua., 17 de abr. 12:35

Que horas vocês vão se encontrar?
    Estou surtando aqui.

Assunto: Vamos nos encontrar
De: Bea <b98989898@ymail.com>
Para: Ezra <e89898989@ymail.com>
Data: qua., 17 de abr. 13:03

Amanhã às quatro da tarde.

Assunto: Tá
De: Bea <b98989898@ymail.com>
Para: Ezra <e89898989@ymail.com>
Data: qua., 17 de abr. 13:11

Estou começando a ficar um pouco desesperada.

Sei que você está puto, mas eu queria que você estivesse aqui, Ez. Nem tenho mais unhas para roer.

Tenho certeza de que você tem razão, e isso é só *uma fantasia* que eu enfiei na minha cabeça idiota. A pessoa com quem tenho conversado pode acabar sendo, na verdade, um velho assustador e diabólico ou uma dona de casa entediada. Mas e se não for isso?

E se for verdade?

Assunto: Perguntas

De: Bea <b98989898@ymail.com>

Para: Ezra <e89898989@ymail.com>

Data: qua., 17 de abr. 13:19

Antes eu pensava em todas as coisas que queria saber sobre ele, tipo:

- Por que você nos deixou?
- A mãe sempre foi escrota assim?
- Você é tão escroto quanto ela diz?
- Você sabe do Darren? Tipo, você sabe como ele trata seus filhos?
- Você nos trataria assim se estivesse aqui?
- Como você era quando tinha a nossa idade?
- Você *queria* filhos, afinal?
- Do que você tem mais medo?
- O que sempre quis fazer?
- Com qual Vingador mais se identifica?

Não ri, a última era muito importante quando eu tinha dez anos. Eu tentava imaginar quais seriam as respostas dele e, mais que tudo, queria um pai que dissesse "Eu me identifico com o Bruce Banner, não a versão Hulk, mas a versão cientista humano e doce do Mark Ruffalo". Ou talvez o Steve Rogers, ou, claro, o Pantera Negra, mas isso talvez já fosse querer demais.

Eu dizia a mim mesma: "Não fique ansiosa demais. Não sonhe muito alto, Bea". Exatamente como a mãe e o Darren nos ensinaram. "Agradeça pelo que você tem."

Depois, conforme fui ficando mais velha, comecei a pensar, tá, e se eu tivesse a oportunidade de vê-lo de novo e pudesse fazer *uma* pergunta? Qual seria?

Seria:

Por que você não quer ser nosso pai?

Assunto: Meu juramento para você
De: Bea <b98989898@ymail.com>
Para: Ezra <e89898989@ymail.com>
Data: qua., 17 de abr. 13:29

Eu, Beatrix Ellen Ahern (se é que esse é meu nome verdadeiro), prometo não passar pano para o Cara Misterioso só porque sou uma idiota sentimental que quer o papai de volta, já que o pai e a mãe que tivemos foram uma boa merda.

Prometo fazer com que ele mereça o direito de ser nosso pai.

Se não merecer, prometo correr atrás de outra coisa o mais rápido possível. Talvez uma parede de tijolos. Ou um trem vindo na minha direção. Vai ter que ser uma coisa assim, porque se eu não tiver um pai não vou ter nada. Serei só uma garota que largou a escola e não tem para onde ir.

Assunto: Ou
De: Bea <b98989898@ymail.com>
Para: Ezra <e89898989@ymail.com>
Data: qua., 17 de abr. 13:35

Acho que eu poderia ficar aqui e pedir ao Franco um emprego fixo. Posso desempacotar biscoitos e azeite de oliva e arrumar prateleiras pelo resto da vida em troca de uma refeição e um lugar para dormir. Posso cantar na rua de vez em quando para ganhar uma grana extra e ler todos os livros da Biblioteca Pública de St. Louis. Posso envelhecer aqui, e talvez um dia, daqui a uns anos, você e o Terrence possam me visitar, então você vai dizer "Ela era minha irmã, mas agora é só uma pessoa muito triste que eu nem reconheço mais". E vocês podem passar uma ou duas horas comigo, por piedade, antes de sair para jantar (recomendo o Lorenzo's, embora eu nunca tenha comido lá — a Irene diz que é "sublime"). Talvez você possa até me trazer alguma coisa — palitos de pão ou sobra de ravióli —, e eu vou viver o resto da minha triste e curta vida com a lembrança do *dia em que meu irmão veio me visitar.*

Assunto: Por favor, faça este favor para sua pobre irmã que largou a escola
De: Bea <b98989898@ymail.com>
Para: Ezra <e89898989@ymail.com>
Data: qua., 17 de abr. 13:41

Sei que joguei uma bomba em cima de você, sei que está baratinado, e sinto muito, muito mesmo. Mas me deixe ter essa fantasia, Ez. Só mais um dia.

E se você puder responder com algo que esteja mais para palavras de incentivo do que uma bronca, também seria legal.

Um beijo,
Bea

Assunto: RE: Por favor, faça este favor para sua pobre irmã que largou a escola
De: Ezra <e89898989@ymail.com>
Para: Bea <b98989898@ymail.com>
Data: qua., 17 de abr. 15:12

Tá.

Tem uma coisa que você não sabe. Ou talvez saiba, mas nunca falamos sobre isso.

O Terrence não foi o primeiro garoto que beijei. O primeiro na verdade foi Jonny Pryor. Um pessoal foi dormir na casa dele, isso na sétima série. Os outros garotos tinham sacos de dormir e ficaram na sala para jogar Xbox a noite inteira. Jonny disse que eu podia dormir na cama dele, e pensei: *É, parece muito mais confortável que um saco de dormir, principalmente o que a gente tinha, que parecia ter sido usado em um treino de tiro.*

Enfim, colocamos o pijama e deitamos. Quase na mesma hora, pensei: *Tem alguma coisa acontecendo aqui.* Fiquei sentindo a presença dele e percebi que ele também sentia a minha. Demos boa-noite e ficamos deitados ali, acordados, durante o que pareceram horas. Finalmente, depois que a casa inteira já tinha pegado no sono, ele perguntou se eu ainda estava acordado, e eu disse que sim.

— Não consigo ver você... está tão escuro — ele disse.

— Estou bem aqui.

— Onde? — ele perguntou.

— Bem aqui — repeti.

Ele estendeu a mão, exatamente como eu sabia que ia fazer, e tocou meu ombro.

— Ah, aí está você — ele disse.

Mexi a mão, toquei no ombro dele e disse:

— Achei você.

Ele desceu a mão pelo meu braço, e eu subi a mão até sua nuca. Então, com um movimento mínimo, incentivei o Jonny a seguir em frente.

A gente pode saber uma coisa muito antes de saber verbalizar essa coisa. A gente pode querer uma coisa muito antes de poder dizer que quer. Em algum momento, percebi que, se eu fosse beijar alguém, seria um garoto. Mas era diferente de realmente beijar.

Ele me beijou primeiro, mas eu que puxei, então talvez isso signifique que fui eu quem beijou primeiro na verdade. Começou só com os lábios, mas depois aquilo foi envolvendo nosso corpo inteiro. Então, depois de um tempo, nos aconchegamos e dormimos juntos. Quando o Jonny acordou, a gente tinha se separado, e eu soube no instante que ele me olhou que não íamos conversar sobre aquilo nem ir além. Ele pulou da cama e foi jogar Xbox com os outros e disse para eu descer quando quisesse. Por um momento achei que tivesse sido um sonho, mas quando desci para a sala e vi que ele me ignorava eu soube que tinha acontecido mesmo.

Não me senti mal. Não fiquei com vergonha. Parecia que eu queria uma confirmação e tinha conseguido. O Jonny foi o mensageiro, mas a mensagem era o importante.

Só à tarde, quando já estava indo para casa, comecei a ficar com medo. Quanto mais eu me aproximava de casa, mais assustadores a mãe e o Darren pareciam. Eu achava que eles iam sentir aquilo em mim, a radiação emanando do meu corpo. Sei que eles não aprovariam; não só por eu ser gay, mas porque era algo que eu mesmo tinha determinado. Eles veriam como uma provocação. Eles se colocariam no centro de tudo. E não iam gostar nada daquilo.

Quando pisei em casa, estava em pânico. Não fazia muito sentido: embora eu soubesse que eles não me amavam, eu estava com medo de que me amassem menos.

Entrei e fui direto para o seu quarto.

Minha cabeça estava rodando, e o meu lado mais esperto sabia que, nessas condições, era melhor ir até você. Ainda que eu tivesse encontrado a porta para um admirável mundo novo e não me sentisse nada admirável, eu sabia que você não ia deixar que eu amarelasse e fechasse aquela porta para sempre.

Você não estava a fim de companhia. Estava ouvindo Smashing Pumpkins no último volume, de porta fechada. Ficou puta por eu ter entrado sem bater.

— O que você quer? — perguntou, ríspida, sem nem olhar para mim.

— Posso só ficar aqui? — pedi.

Talvez tenha sido alguma coisa na minha voz. Nessa hora você olhou para mim.

Você me olhou e percebeu que eu carregava alguma coisa que era demais para mim. De algum jeito, você sabia que era melhor não perguntar. De algum jeito, sabia que o melhor a fazer era me deixar em paz ali no seu quarto.

Não foi a primeira vez que eu não estava pronto. E não seria a última. Mas o que era verdadeiro naquele momento assim continuou: mesmo quando eu estava longe de ter certeza, eu podia ter a certeza de que você estaria ao meu lado como mais ninguém na minha vida estaria.

Nunca conversamos sobre aquela tarde. Talvez você nem lembre, porque para você era só mais um domingo. E para mim era a minha história sendo escrita.

Pula para dois anos depois. Conheço o Terrence. Beijo o Terrence. É maravilhoso. E, embora eu não tenha exatamente corrido para casa para te contar, não havia dúvida de que você seria a primeira pessoa para quem eu contaria sobre esse garoto que eu queria muito, *muito*, que fosse meu namorado. Porque, no fim das contas, preciso de você nos bons momentos da vida tanto quanto nas horas ruins e confusas.

Isso não significa que não vou dar bronca. Isso não significa que eu goste de estar preso aqui.

Mas significa, *sim*, que você sempre esteve ao meu lado quando era importante. E se precisa de alguma coisa para acreditar agora, acredite nisso.

Boa sorte, Bea.

Ez

Assunto: JONNY PRYOR?!!!!
De: Bea <b98989898@ymail.com>
Para: Ezra <e89898989@ymail.com>
Data: qua., 17 de abr. 18:01

Eu lembro de quando você chegou em casa. Lembro da expressão no seu rosto. Lembro do meu humor naquela hora. Lembro (meu Deus) dos Smashing Pumpkins. Não sabia o que tinha acontecido com você, mas sabia que alguma coisa *tinha* acontecido.

Ah, Ez. Olhando para trás eu me sinto uma irmã de merda. Muito de merda. Eu sempre estava tão concentrada em mim, e não vou inventar um milhão de desculpas para isso porque nós dois sabemos bem que desculpas seriam essas. Durante os últimos, sei lá, *a vida inteira*, eu estava tão ocupada erguendo muros ao meu redor para que a mãe e o Darren não pudessem entrar, mas o que não percebi até este momento, sentada aqui, no computador de um homem gentil — um desconhecido gentil em uma cidade desconhecida —, é que eu também mantive todas as outras pessoas do lado de fora.

Eu queria ter perguntado por que você estava com aquela cara. Talvez você precisasse mesmo daquilo, que eu te deixasse em paz, mas ando pensando que nos deixaram em paz vezes demais na vida. Gente demais simplesmente nos deixou em paz, nos deixaram pra lá.

Obrigada por ser a única pessoa neste mundo de quem eu gosto — amar então, nem se fala. Obrigada por seu e-mail. Obrigada por ser você.

Um beijo,
B

Assunto: Mas, sério, JONNY PRYOR?!!!!
De: Bea <b98989898@ymail.com>
Para: Ezra <e89898989@ymail.com>
Data: qua., 17 de abr. 18:05

Hum.

Assunto: Meu primeiro beijo...
De: Bea <b98989898@ymail.com>
Para: Ezra <e89898989@ymail.com>
Data: qua., 17 de abr. 18:43

... foi com o Tripp Dugan. A gente estava na sexta série, em um passeio no Museu das Crianças, e depois nos deram o almoço no parque Hayes. Todo mundo estava falando que era coisa de criancinha ir ao *museu das crianças*, e eu entrei na onda, embora na verdade estivesse amando aquele passeio. Sério, AMANDO. Eu ainda amo aquele lugar. Tudo é tão manual, e "é assim que funciona", e "isso veio daqui", e "aqui, por que você mesma não experimenta?". Parecia o lugar mais feliz que eu já tinha visitado ou visitaria na vida. Tudo é tão positivo e interessante, e *incentiva* a gente a fazer perguntas e ser curioso, em vez de mandar "cala a boca", "tenha modos", "não seja burra", "se não consegue ser inteligente, fica quieta".

Mas eu tinha doze anos e queria me encaixar, então fingi que era um lugar bobo, infantil e que eu estava tão, tão entediada, já muito velha para um lugar como aquele.

No almoço, o Tripp sentou ao meu lado e disse:

— Não foi uma droga?

E respondi:

— Foi. — Meio que me odiando por falar mal de um lugar que eu tinha amado. — Estou velha demais para essas coisas de criança.

— Eu também.

E ele encostou a perna na minha embaixo da mesa. No início, achei que tinha sido sem querer, mas ele continuou encostando, então larguei o sanduíche e fingi bocejar como se ele também estivesse me entediando. O tempo todo meu coração estava AIMEUDEUSAIMEUDEUS-AIMEUDEUS.

Ele disse:

— Sabe para que eu já tenho idade?

— Para quê?

— Sexo.

É incrível eu não ter rido na cara dele. Mas naquele momento, Ez, foi *eletrizante*.

Eu só dei de ombros, tipo, *ah, sexo, nada de mais*.

Ele disse:

— Vou beijar você.

— Talvez.

— Você não quer?

— Tanto faz você me beijar ou não.

Ele só deu um sorrisinho — lembra do sorrisinho dele? Quando ele era mais novo? Antes de virar um cara cruel? Ele disse:

— Aposto que não.

Ele afastou a perna, e achei que tinha acabado o clima, que eu tinha perdido a chance, e parte de mim ficou aliviada, enquanto outra ficou triste. Mas então aconteceu no ônibus na volta para a escola. Sentei bem no fundo, no lugar de sempre, tentando ficar na minha, e ele veio e parou ali em pé durante um minuto e então, de repente, se jogou no banco ao meu lado. Nesse momento eu soube que ia acontecer. Ele encostou a perna na minha de novo, e ficamos assim talvez por quase um quilômetro até ele dizer:

— O que é aquilo?

— Onde?

— Na janela.

Ele apontou para fora, e eu virei para olhar, mas não vi nada além de árvores e carros passando, então virei de volta, e lá estava ele, com o rosto bem perto do meu. Acho que meus olhos se fecharam, palpitando sozinhos, e quando eu ainda estava me perguntando por que meus olhos tinham feito aquilo, ele se aproximou e me beijou.

Não durou muito. Na verdade, os lábios dele só tocaram os meus. Bocas fechadas. Línguas bem-comportadas. Só uma pressãozinha. Mas na hora pareceu importante, e enorme, e a coisa mais imensa que poderia acontecer com alguém.

Ele nunca mais tentou de novo, não comigo pelo menos. (Mais tarde descobri que Tripp era uma espécie de beijoqueiro em série, o que faz sentido, já que ele engravidou quantas garotas mesmo?) Mas daquele dia em diante me senti como se tivesse um segredinho maravilhoso, e por algum motivo ter aquele segredo me deu uma sensação de proteção. Enquanto eu tivesse aquele segredo, eles não poderiam me atingir: a mãe e o Darren, ou as garotas malvadas da escola, ou os professores de quem eu não gostava, ou o mundo. Eu estaria segura.

Você é a única pessoa que sabe disso. Na verdade, sei que não é nada, mas para mim é. Para mim é importante. E parece o mínimo que eu posso te oferecer neste momento.

Um beijo,
Bea

Assunto: Boa noite
De: Bea <b98989898@ymail.com>
Para: Ezra <e89898989@ymail.com>
Data: qua., 17 de abr. 19:07

O Franco precisa usar o computador, então estou saindo por enquanto, irmãozinho. Obrigada por me distrair esta noite. Escrevo mais amanhã depois de encontrar com ele.

Meu Deus.

Depois de encontrar com ele.

Parece que eu vou vomitar.

Talvez eu vomite mesmo.

Tá, tive que correr até o banheiro para vomitar, mas agora estou de volta, e o coitado do Franco está preocupado comigo. Ele disse que a irmã Dorothea passava mal do estômago o tempo todo, e eles acabaram descobrindo que ela tinha um parasita no intestino. Imagina? Era só o que me faltava.

Mas é muito legal ter alguém preocupado comigo, para variar. Quer dizer, tirando você. Estou trabalhando para ele no mercado e me mudei oficialmente para o escritório. Então, as coisas estão melhorando.

Olha só, não importa o que aconteça amanhã, eu vou ficar bem. Tá? Nós vamos. Você e eu. Já passamos por tanta coisa. É só mais uma coisa.

Vamos ficar bem.

Um beijo,
Beatrix Ellen Ahern

Assunto: Com amigos assim...
De: Ezra <e89898989@ymail.com>
Para: Bea <b98989898@ymail.com>
Data: qua., 17 de abr. 23:33

Eu sei que você já sabe disso, mas quero dizer para que fique registrado mais uma vez: nossa mãe é uma mulher muito estranha.

Ela não só ligou para a mãe do Joe de novo hoje à noite para acusá-la de abrigar um fugitivo (essas não foram as palavras exatas), mas parece que também ligou para a mãe do Terrence, o que (segundo o Terrence) foi *extremamente* estranho porque, embora eu sempre tenha sido bem recebido lá como "amigo" do Terrence, a mãe deu a entender que a família inteira dele tinha me levado para o mundo gay, e portanto eles eram responsáveis por todos os meus comportamentos desviantes — uma acusação que a mãe do Terrence não estava exatamente preparada para ouvir. Depois de desligar, ela chamou o Terrence na cozinha e basicamente perguntou se eu estava pensando em me mudar para o quarto dele, e ele respondeu que não, não, claro que não.

Terrence me contou tudo isso por mensagem e terminou a parte do não, não, claro que não com um:

Desculpa ☹

O mais incrível, é claro, é que, com todas essas reclamações e delírios, a mãe não ligou nem uma vez para mim.

Acho que ela prefere falar com a mãe do Terrence.

Mas, sério, não é só isso que eu tenho para contar. Porque hoje à noite decidi fazer uma excursão de espionagem. E você vai ficar muito interessada no que descobri.

Como sabe, tenho experimentado o Joe Ininterrupto nos últimos dias. Tenho quase certeza de que não tem mais nada de novo que ele poderia me contar. Mas tem uma outra pecinha que parecia estar sempre faltando: a Sloane. Ela ainda está me tratando como se eu não existisse na escola. Mesmo depois que o Darren explodiu; nem uma palavra. Eu não estava esperando parabéns nem nada do tipo. Só um reconhecimento.

Mas ela estava me evitando. Ela definitivamente estava me evitando. Então decidi que era hora de me jogar na frente dela.

Eu não podia pedir para o Joe me levar; se fizesse isso, sabia que ele não ia só me deixar lá. Então, depois da escola, simplesmente comecei a andar.

Acho que podemos dizer que subestimei todas as caronas que você me deu. Mas também preciso dizer que andar até os lugares de alguma forma me acalma. Me dá espaço para pensar, em vez de me sentir preso, como sempre — na escola, na nossa casa, em um carro. Me faz perceber como passei a vida curvado e apressado para fugir de algo: a mãe na cozinha, o Darren na sala, os dois no quarto deles. Se esquive e se esconda. Não faça barulho. Se é assim que você se comporta em casa, pode muito bem levar isso para a vida. Passe rápido por todas as outras casas. Passe rápido pelos corredores da escola. Se não prestar atenção em ninguém, ninguém vai prestar atenção em você.

Agora, passando pelas casas a pé, e não em um carro, tenho tempo para me perguntar se existem outras casas como a nossa. Tipo, talvez os segredos estejam ali, e as pessoas simplesmente acreditem que ninguém vai prestar atenção neles. Fico pensando naquilo que você disse sobre a Jessica Wei. Por que eu não sabia daquilo?

Só pode ter sido porque eu estava passando com pressa. Né?

Quando cheguei ao The Coffee Tree, percebi que, em vez de pensar sobre casas e sobre minha pressa, eu provavelmente deveria estar pensando no que ia dizer à Sloane. Ela estava atrás do balcão, como eu sabia que estaria. E o lugar estava bem vazio porque, vamos falar a verdade, o Starbucks ainda é mais legal que o The Coffee Tree, e também muito mais perto da escola. Havia algumas pessoas nas mesas, idosos na quarta seção do jornal do dia, e alguns universitários que ocupavam as mesas como se estivessem na biblioteca.

A Sloane estava olhando para a porta quando entrei, então ela me viu chegar. Ela já estava de cara fechada, então a culpa não foi minha. Mas senti claramente a parede de silêncio se erguendo, com uma pequena fenda aberta apenas para pedidos. O supervisor estava bem atrás dela — aquele cara mais velho, o Ray-MOND, que sempre lê o seu horóscopo enquanto o barista espera para servir o espresso.

— E aí, cara! — Raymond praticamente gritou quando cheguei ao balcão. — O que você costuma pedir, e vai querer hoje de novo?

— E aí, Raymond — eu disse. — Vou querer um coado médio. E adoraria trocar uma palavrinha com a Sloane também.

Sloane me encarou com sua cara fechada.

— Estou trabalhando — ela disse, com muita firmeza.

Raymond soltou uma risada de uma só sílaba.

— Acho que posso te liberar por dez minutos para você conversar com seu namorado.

Dava para ver o quanto a Sloane queria gritar VAI SE FODER bem na cara dele. Mas acho que depois de ser demitida da Starbucks no Natal ela acabou aprendendo a falar com um chefe.

— Só preciso de dois minutos — ela disse para ele.

A Sloane nem se deu ao trabalho de tirar o avental. Saiu com tudo pela porta da frente. Quando eu fui atrás, o Raymond gritou:

— Boa sorte, cara! Vou segurar seu pedido até ver se você sobreviveu.

Em vez de me esperar na frente da loja, a Sloane foi até as latas de lixo na lateral. O cheiro estava mais para sanduíche de ovo do que para pó de café.

— O que foi? — ela perguntou quando cheguei ali.

— Eu só quero conversar.

— Então fala.

— Por que você está sendo tão grossa comigo?

— Não estou sendo *nada* com você, Ezra. Não sou mais obrigada a suportar você, então não estou mais suportando. Pensei que fosse óbvio.

— Tá bom, ótimo. Tá ótimo. Mas não vou sair daqui enquanto não me contar o que aconteceu entre você e a Bea.

— Por que não pergunta para sua irmã? — ela rebateu. E isso me atingiu em cheio, Bea. Ela percebeu que eu estava pensando no que responder. Então me pressionou imediatamente com: — Você falou com ela, né? É a cara dela fazer isso.

— Eu não *falei* com ela — respondi. — E por que é a cara dela?

É bem possível que eu não saiba ver a diferença entre o desprezo e a pena no rosto de uma pessoa, porque, juro por Deus, Bea, eu não conseguia ver qual dos dois estava estampado na cara da Sloane quando ela olhou para mim.

— Sua irmã usa as pessoas, Ezra. Ela sempre precisa de alguém para usar. Ela esgotou todo o poder que tinha sobre mim, e cansou de sugar a vida do Joe, e sobrou… você. Porque não sei se já reparou, mas ela não tinha nenhum outro amigo de verdade. Por que será?

Mesmo sabendo que você a abandonou, embora tenha me dito que estava preocupada com a amizade de vocês, eu não esperava que ela fosse ser tão fria ao falar de você. Ela é a única amiga que já frequentou nossa casa, a única que entrou com você no campo minado, mesmo depois de saber das minas.

— O que aconteceu? — eu tive que perguntar. — Vocês eram como irmãs.

A Sloane soltou um suspiro.

— É, bom… nem todas as irmãs se falam depois de adultas. É a vida.

— Eu sei que você está puta por ela ter ido embora. Eu estou puto por ela ter ido embora. Mas…

— Não — a Sloane me interrompeu. — Para ficar puto, você tem que ser surpreendido. Eu sabia que isso ia acontecer.

— Como?

— Ué, eu não sou burra. Sei quando alguém está guardando um segredo. E as coisas entre nós duas? Antes, quando eu percebia que ela tinha um segredo, eu também conseguia descobrir qual era. Porque não tinha muros entre a gente. Então, de repente, ela começou a erguer os muros. E o pior de tudo é que ela achou que eu não ia perceber. Então deixei ela erguer os muros. Estava cansada de tudo ser sempre do jeito dela. E, para falar a verdade, estava cansada de ver o Joe entrar nessa também, ainda que ele se recusasse a enxergar isso.

— Mas você não fala mais com o Joe também, né? Por quê?

— Porque ele só vai querer falar sobre ela. E eu quero mudar de assunto. Era isso que ela queria. E sugiro de verdade que você faça o mesmo.

— Olha — eu disse. — Eu estou *tentando*.

Mas *disse* não foi bem o caso. Quando as palavras saíram da minha boca, foi como se eu tivesse voltado a ser aquele irmão irritante de dez anos. Eu estava *choramingando*.

E isso foi o que a atingiu em cheio. Por um instante apenas.

— Eu sei — ela disse —, eu entendo. E vou te falar, Ezra, quando fiquei sabendo que você saiu de casa, achei o máximo. Pensei: *Ainda tem esperança para ele*. Mas você tem que fazer a mesma coisa com a Bea, antes que ela te arraste para o fundo do poço.

— Como ela arrastou você? — insisti.

Sloane balançou a cabeça.

— Não. Acabou seu tempo. Você conseguiu tudo o que podia comigo. Eu mandaria você perguntar pra ela o que aconteceu, mas você só vai conseguir uma mentira. É assim que as coisas são. Agora... não quero você falando dessa merda de novo. Me deixe em paz que eu te deixo em paz, tá?

(Essas foram as palavras que ela usou: *Me deixe em paz*. Só quando já estava voltando para casa pensei: *A gente diz isso o tempo todo, mas quem é que quer ser realmente deixado em paz?*)

Procurei por um argumento. Queria apelar para alguma coisa dentro dela, alguma coisa que fizesse ela me contar mais. Ao mesmo tempo, eu meio que entendia. Se ela estava cheia de você, estava cheia de mim também.

— Não volta lá para dentro — ela disse, arrumando o avental. — Vou dizer ao Raymond que você cancelou o pedido. Se quiser café, vá na porra do Starbucks, ou venha em um horário em que eu não esteja aqui.

E foi isso. Não posso dizer que tenha ajudado muito. Acho que agora tenho certeza do quanto ela está com raiva e que as coisas deram errado. Mas ainda não sei como.

E quanto a ela me avisar para me afastar de você... Bom, estou escrevendo tudo isso para você agora, não estou?

Sei que está tudo uma zona. Cheguei em casa a tempo de jantar com a família do Joe, e foi quando a mãe ligou, e depois o Terrence mandou mensagem para dizer que ela tinha ligado para a casa dele também, e depois joguei videogame com o Joe por algumas horas, e estudei por bem menos tempo, e agora todo mundo está dormindo, e estou no andar de baixo, com a certeza de que estou pensando em tudo isso ao mesmo tempo também porque não estou me permitindo pensar muito sobre o seu encontro com o nosso pai amanhã. Sei que você está esperando muito que ele apareça e acho que você me deixou com essa esperança também, porque eu também quero respostas, Bea, mesmo que sejam só meias-respostas ou mentiras ditas só para a gente contestar.

Então, é. Boa sorte. Me conta como foi.

Eu te amo de um jeito que a Sloane obviamente não te ama mais,
Ez

Assunto: Sloane
De: Bea <b98989898@ymail.com>
Para: Ezra <e89898989@ymail.com>
Data: qua., 17 de abr. 22:57

É a cara da Sloane fazer isso.

O Franco foi pra casa e estou esperando para ver se terei notícias do meu irmãozinho mais uma vez antes de dormir, porque, você sabe, vou encontrar nosso pai amanhã depois de quinze anos e não tenho mais unhas para roer, vomitei de novo e deveria tentar dormir pelo menos algumas horas.

Vou fazer como se fosse um filme, Ez, porque assim vai ser mais rápido.

O papel da Melhor Amiga vai ser da Sloane. O de Namorado, do Joe. A Vilã, é claro, serei eu.

A época é dezembro passado. O cenário: festa de fim de ano do Bradley Hoyt. Você sabe o quanto eu amo festas, principalmente as do colégio, e com "amo" quero dizer que odeio com todas as minhas forças. Mas a Melhor Amiga disse, *Por favor, Bea, só desta vez, você nunca faz nada que eu quero fazer, está sempre perdida em seus próprios pensamentos, no seu mundinho, pensando só em você, você, você, o mínimo que pode fazer é ir a essa porra dessa festa comigo.* E continuou com a ladainha até eu decidir ser boazinha, porque não posso me dar ao luxo de perder a Sloane também, né? Então fui à porra da festa.

Só que me atrasei porque naquela noite o Darren decidiu tirar todos os presentes da árvore de Natal e colocá-los na garagem. Você lembra do Grande Atropelamento de Presentes de Natal do Ano Passado. Não que fossem muitos, mas ele precisava passar por cima de todos?

Enfim, eu não estava exatamente no clima para festa, mas você estava com o Terrence, e a Sloane e o Joe estavam na casa do Bradley, e eu não ia ficar em casa de jeito nenhum.

Então, como você, fui a pé. Porque às vezes andar é a única coisa que faz sentido. E quando cheguei à festa a Melhor Amiga não estava em lugar nenhum. E o Namorado não estava em lugar nenhum. Mas eu já tinha ido até lá, sabe, e por que voltaria para casa? Para ver a mãe catando todos os papéis de presentes e fitas que estavam voando pelo quintal? Para ver a mãe tirando merda da entrada?

Então fiquei, e bebi alguma coisa, e conversei com os amigos idiotas do Bradley Hoyt, e fiquei lá como uma pessoa normal, comum, típica, com uma vida normal, comum, típica, alguém cujos presentes estivessem na árvore de Natal, e não espatifados no chão. Então pensei: *Isso é fácil. Eu deveria fazer mais vezes.*

Fingi que era Bea Ahern, apenas uma garota comum. Ri e fiquei batendo papo, e percebi o quanto eles ficaram surpresos, Bradley e todos os amigos dele, como se eu fosse um animal que considerassem incapaz de conversar com humanos até aquele momento. Você precisava ver.

Uma hora fui procurar o banheiro, e foi quando os encontrei. A Melhor Amiga e o Namorado. Sentados naquele cômodo onde os pais do Bradley guardavam todos os equipamentos de ginástica que não usavam. A Melhor Amiga empoleirada em uma esteira, e o Namorado sentado aos pés dela. Mas eles não estavam fazendo o que você está pensando. Não estavam entregues a nenhuma paixão ilícita. Não peguei os dois pelados. Nem mesmo se beijando. Peguei os dois falando sobre mim. Sobre o quanto sou egoísta. Sobre como sempre magoo todo mundo. Marco de encontrar em uma festa, mas não apareço. Digo que vou amar para sempre, mas tento terminar. Mesmo quando digo a verdade sobre campos minados, sou mentirosa porque sou uma amiga de merda que não é capaz de se colocar em segundo plano para pensar no que os outros podem estar passando. Quer dizer, claro que o campo minado é ruim, mas não sou a única pessoa no mundo que tem que lidar com isso. A Melhor Amiga também. O Namorado também. Talvez o deles não seja igual ao meu. Talvez não no mesmo grau. Mas isso os impede de apoiar os outros? Não. Isso os impede de chegar pontualmente nas festas? Não.

E depois eles se beijaram, sim, o que é tão clichê, e para mim pareceu feito bem de qualquer jeito, tipo dois cachorros lambendo a cara um do outro. Mas não foi isso que me deixou chateada. Eu não me incomodei nem um pouco com aquele beijo idiota. O que me incomodou foi ouvir as duas pessoas mais próximas a mim — depois de você, claro — falando que sou uma escrota. Quer dizer, foi bom por um tempo, acreditar que alguém neste mundo além de você, meu próprio irmão, pensava que eu não era tão ruim assim.

Então fui embora da festa. Pelo menos saí da casa. Na noite. No frio. Sentei no quintal por um tempo porque não queria ir para casa. Acho que mandei mensagem para você. Mandei? Não lembro. Eu queria mandar.

Então fiquei ali.

E fiquei ali.

E esperei, mas sem saber pelo quê. Talvez que passasse o tempo para que eu pudesse ir para casa, e o lugar estivesse diferente, e os presentes tivessem magicamente reaparecido embaixo da árvore, e a mãe dissesse: "Você chegou. Estávamos preocupados com você. Venha, saia do frio, vou preparar uma bebida quentinha".

Como ela fazia às vezes quando éramos crianças, antes do Darren.

Eu ainda estava lá, em frente à casa do Bradley, quando aconteceu. O que veio depois. A Sloane beijou o Reggie Tan, e o Reggie espalhou para todo mundo na escola que ela tinha transado com ele, coisa que ela não fez, porque está esperando entrar na faculdade. É por isso que a Sloane mais me culpa. Porque se eu estivesse lá nada disso teria acontecido, porque ela não teria bebido, não o tanto que bebeu, nem ficado irritada; ela teria se divertido à beça. E, como eu não apareci, ela ficou sozinha. De novo.

E não estou mentindo. Você acha que se eu estivesse não inventaria uma história melhor?

A verdade é sempre mais triste que a mentira. Menor e mais triste e muito mais complicada. Como a vida real e a ficção. Como nós.

Pequenos, tristes.

Vou dormir agora. Você pode acreditar na Sloane ou em mim, Ez, não me importo.

Só que me importo, sim. Mas estou cansada demais para tentar trazer você para o meu lado de novo.

Um beijo,
Bea

Assunto: AQUELA MANHÃ
De: Bea <b98989898@ymail.com>
Para: Ezra <e89898989@ymail.com>
Data: qui., 18 de abr. 08:29

Levantei às cinco. Depois de ficar olhando para o teto e roendo a pele onde minhas unhas deveriam estar, finalmente saí da cama e me arrumei. Até me maquiei e tentei fazer alguma coisa com o cabelo, então fui para a loja.

Desempacotei e coloquei preço em algumas coisas, primeiro o azeite de oliva, depois a tapenade, depois os biscoitos, depois as azeitonas. Cada vidro, cada frasco, cada embalagem era tão bonita. Arrumei tudo com delicadeza, como se fossem diamantes. A maioria tinha vindo de longe. Pensei em me fechar em uma daquelas caixas e me enviar para a Itália, para Nova York. Imaginei ser desempacotada em um lugar com barulho, vida, cor e energia, e um monte de gente desconhecida que não me conhece, que não sabe nada da minha vida. Coloquei os vidros, os frascos e as embalagens uma a uma nas prateleiras, no devido lugar, e pensei no quanto tinham viajado para chegar até aqui, como eu. Foi um grande momento de reflexão para mim, Ez. Você teria ficado orgulhoso.

Então achei uma vassoura e varri a loja inteira, cada canto, fingindo o tempo todo que estava varrendo minha antiga vida. Varri sem parar, então fiquei de joelhos com papel-toalha e spray de limpeza e rastejei de quatro esfregando tudo — adeus, mãe, Darren, Joe, Sloane, a velha Bea — até o piso de madeira ficar brilhando.

Então a fechadura virou, e o Franco entrou. Ele ficou ali, olhando para mim, para as prateleiras, para o piso, e assentiu. Ele levantou um saquinho branco de padaria e disse:

— Vamos comer.

Sentamos nos bancos atrás do balcão comprido de madeira e comemos rosquinhas, ainda quentinhas. Os olhos de Franco percorreram a loja, ele olhou as prateleiras cheias, o piso brilhando à luz da manhã. Sério, Ez. Sou uma pessoa bagunceira (tá, relaxada), mas você sabe que limpar me ajuda a pensar. Bom, foi uma das melhores limpezas que já fiz. Foi um jeito de agradecer a ele e a Irene por acreditarem em mim e por me acolherem sem *dizer* isso, o que teria feito o velho Franco correr para as colinas ou talvez me jogar na rua de novo.

Comi várias rosquinhas. Finalmente, ele fez um sinal de aprovação com a cabeça, então tirou os olhos das prateleiras e do piso e olhou para mim.

— Muito bom — disse. Curto, mas fofo.

Continuamos comendo em silêncio. E foi *mesmo* muito bom. Tudo. O que quer que aconteça hoje, Ez, saiba que eu também amo você.

Assunto: QUASE AQUELA TARDE
De: Ezra <e89898989@ymail.com>
Para: Bea <b98989898@ymail.com>
Data: qui., 18 de abr. 15:49

Não sei como vou olhar para o Joe agora sem querer dar um soco no olho dele. Ou no saco.

Mas você não precisa ficar pensando nisso agora. Nem em nada do que vou te dizer. Estou dizendo essas coisas só para tirá-las da minha cabeça. Sei que a próxima vez que me escrever, você vai ter notícias do nosso pai. Ou não. Depende se ele vai aparecer.

Deixando de lado tudo o que você jogou em cima de mim sobre o Joe e a Sloane, teve uma coisa que ela me disse ontem que não sai da minha cabeça; aliás, é isso que quero tirar da cabeça. Porque enquanto andava pela escola hoje eu só pensava o seguinte:

Por que não tenho mais amigos?

Quer dizer, não sou totalmente solitário. Tenho o Terrence. Converso com ele o tempo todo. E tem também

O que estou tentando dizer é que, das pessoas com quem eu realmente converso, não só sento junto na hora do almoço, tem o Terrence e tem

Meus bons amigos,

Merda.

Estou andando pelos corredores hoje, vendo todos esses rostos conhecidos, mas estou me perguntando o quanto eu conheço da *vida* deles. Não é que eu seja totalmente desligado. Sei quem está namorando quem. Sei quem vai falar merda sem parar na aula e quem vai ficar em silêncio. Sei quem vai ser chamado pelo professor e quem vai ser escolhido primeiro na educação física. Geralmente sei quem vai sentar em que lugar na cantina.

Mas isso não é amizade.

Principalmente quando me pergunto quanto eles sabem sobre mim.

O que me leva a outra questão:

Eles passaram todos esses anos se escondendo de mim? Ou fui eu que me escondi deles?

Eu nem acho que tenho mentido para eles. Só me distanciei tanto que ninguém nunca me perguntaria a verdade.

O Terrence tem vários amigos. Amigos da igreja. Amigos de infância. Amigos do anuário da escola. Amigos da corrida. E não parecem se incomodar de me levar nos rolês. Mas, tirando as conversas de cinco minutos nos corredores ou quando estamos todos juntos, eu nunca fico sozinho com eles nem estou ali como o Ezra, e sim como o acompanhante do Terrence.

Não vejo como falar disso com o Terrence sem afastá-lo ainda mais. Ele está se sentindo mal pelo que aconteceu entre as nossas mães, e porque a família dele agora está me evitando. (Não foram essas palavras que ele usou.) Ele fica dizendo coisas como *Vamos superar isso* e *Posso conversar com eles* e *Você é sempre bem-vindo, não importa o que eles digam.* É fofo, eu sei que é fofo. Mas é como se ele estivesse tentando balançar a bandeirinha do meu time com o mastro vazio. E eu estivesse do lado de fora do estádio, com a bandeira entalada na garganta.

Enquanto me pergunto como consegui chegar aos quinze anos sem ter nem quinze amigos, vejo Jessica Wei em seu armário, trocando os livros antes do almoço. E penso: *Um jeito de provar que não estou me escondendo é me aproximar de outra pessoa.*

Ela não age como se fosse estranho eu ficar em cima dela. Na verdade, age como se estivesse esperando que eu aparecesse.

— Como estão as coisas? — pergunto.

— Nada mal. — Ela fecha o armário, olha para mim. — A questão é: e com você?

— Tá tudo um caos — respondo. — Não sei se tenho onde morar. E, deixa eu falar... isso é uma droga.

E a Jessica, que nem me conhece, diz:

— Foda. Achei que as coisas estivessem ruins, mas não sabia que você era um sem-teto.

Minha primeira reação foi discordar. Dizer que Não, não, não, não, não. *Sem-teto* é um velho que não toma banho há semanas, empurrando um carrinho cheio de garrafas. *Sem-teto* é uma família que perdeu a casa em um tornado. *Sem-teto* é um adolescente queer expulso de casa por ser quem é, e obrigado a viver em um abrigo, ou embaixo de uma ponte, ou no banco de trás de um carro.

Eu não sou sem-teto, digo a mim mesmo.

Mas então me pergunto: *O que você é então? Onde é a sua casa?*

O que me faz perceber: sou um sem-teto.

Faz anos que não tenho uma casa segura.

Agora não tenho nem casa.

A Jessica não reage como se fosse estranho eu ficar perdido em meus pensamentos por um tempo enquanto ela espera. Ao voltar para a realidade, começo a pedir desculpa, e ela me diz para não fazer isso. Não precisa. Não tem por quê.

O problema é que, nesse instante, a Serena aparece, perguntando por que a Jessica está demorando tanto. A Serena pergunta isso comigo bem ali. É óbvio que sou eu quem está segurando a Jessica.

Minha vontade, bem infantil, é que a Jessica mande Serena nos deixar em paz. Mas a Serena é amiga da Jessica. Talvez a melhor amiga. Eu, por outro lado, não sou nada nem ninguém para ela. Que direito eu tenho?

A Jessica diz à Serena que já vai. Serena, satisfeita, segue para a cantina.

A Jessica vira para mim de novo e diz:

— Vem almoçar com a gente.

Faço que não e digo que não posso.

Ela pergunta por quê. E eu digo:

— Se fosse só você, eu iria, com certeza. — Então percebo que falei algo horrível e acrescento: — Não tenho nada contra a Serena e as suas outras amigas. Elas são ótimas. Mas não posso dizer para elas o que digo para você. Não que você tenha obrigação de me ouvir. Sei que sou, tipo, um estranho. Ou quase. Quer dizer... não somos amigos, exatamente. E você deveria ficar com as suas amigas.

Acredite, Bea, foi patético. Parecia que eu tinha esquecido como os seres humanos devem se comportar em situações sociais.

Mas em vez de sair correndo, a Jessica diz:

— Não, eu entendo. E, sinceramente, se eu pudesse, não ia nesse almoço com elas. É que temos um projeto para entregar que está longe de ficar pronto. Então preciso ir. Mas, olha só... que tal a gente tomar um café amanhã depois da aula? Só nós dois?

— Claro — respondo, tentando esconder (esconder!) minha decepção.

Preciso de um amigo agora, não amanhã à tarde.

Mas isso também é idiota. Porque o que eu vou dizer para ela? *Ei, você nem me conhece direito, mas estou enlouquecendo, em grande parte porque minha irmã desaparecida talvez encontre nosso pai desaparecido em algumas horas, então é como se uma parte enorme da minha vida estivesse acontecendo a milhares de quilômetros de distância do meu corpo.*

Não. Acho que não.

A única pessoa para quem posso dizer isso é você. Então estou aqui, dizendo.

Minha vida?

Vai ficar em espera até eu ter notícias suas.

A essa altura, eu nem me importo com o que vai acontecer. Só quero que aconteça logo, para que a gente saiba como foi e descubra como lidar com a situação.

Boa sorte,
Ezra

Assunto: Oi
De: LONDON WOOSTER <l89989889@ymail.com>
Para: Ezra <e89898989@ymail.com>
Data: qui., 18 de abr. 20:03

Querido Ezra Ahern,

Meu nome é London Jonathan Calvin Wooster. Tenho quatorze anos (quase quinze!), e a Bea pediu que eu escrevesse isso. Fui eu que entrei em contato com ela. Foi por minha culpa que ela fugiu de casa dois meses antes de se formar, e foi por minha culpa que você colocou fogo na sua casa e teve que ir morar em outro lugar. Eu mandei aquelas mensagens para ela e pedi que viesse até aqui. Achei que ela fosse trazer você também. Sou seu irmão.
Desculpa.

Atenciosamente,
London Wooster

Assunto: Oi de novo
De: LONDON WOOSTER <l89989889@ymail.com>
Para: Ezra <e89898989@ymail.com>
Data: qui., 18 de abr. 23:21

Querido Ezra Ahern,

Sou eu de novo, London Wooster. Sei que você não me conhece, e sinto muito por jogar essa bomba em você, mas imagino que o melhor jeito de superar essa catástrofe seja tentando explicar.

Sou seu irmão. Tecnicamente meio-irmão. Surpresa! Estou escrevendo para você porque a Bea foi embora, não sei para onde nem se vou voltar a ter notícias dela, e tem algumas coisas que eu acho que você deveria saber.

Não tem um jeito tranquilo de dizer isso. Estou tentando imaginar como eu me sentiria se recebesse um e-mail desse de alguém que não conheço. Eu provavelmente mandaria a pessoa se f... e pararia de ler. Mas sou naturalmente curioso, então talvez não parasse, não.

Espero que você não pare. Essa é a coisa mais assustadora que eu já fiz. Escrever para você. A coisa mais idiota que eu já fiz foi a seguinte:

Alguns meses atrás, escrevi para a Bea fingindo ser nosso pai. Ela demorou um tempo para responder, mas respondeu, e começamos a conversar. Eu não conseguia acreditar! Em algum momento eu disse para ela que estava morrendo. Não eu, eu. Eu, o Papai. Simplesmente saiu, falei sem pensar. E antes que eu pudesse mudar de ideia já tinha saído. E ela disse que vinha me ver antes que fosse tarde demais porque queria me conhecer, e eu não disse nada para impedir, e talvez até tenha dito que ia morrer imediatamente. E ela apareceu mesmo!

A coisa sobre meu pai — nosso pai — morrer não era totalmente mentira. Ele morreu ano passado de ataque cardíaco. Ele era um bom pai. Não estou dizendo isso para fazer você se sentir mal. Mas ele era. Talvez fosse o melhor pai, mas não tenho com que comparar, e isso não é, sei lá, baseado em conhecimento científico ou coisa do tipo. Eu amava muito ele. E sinto falta dele. Todas as coisas que escrevi sobre ele para a Bea eram verdade. Ele fazia pedidos às 11:11. Nunca virava à esquerda. Não pegava moedas do chão para ter sorte porque dizia que já tinha, então deixava para outra pessoa. Essas são só algumas das coisas boas.

Sinto muito pela bomba, mas de alguma forma eu acho que sei mais ou menos como vocês se sentem, porque acabei de descobrir sobre vocês. Eu estava mexendo em umas caixas. Todas as caixas com as coisas dele. E achei vocês. Na verdade, achei a Bea. Saltando das páginas do diário sobre a segunda família, que ele nunca tinha mencionado! Os detetives que contratou. Os que descobriram que sua irmã morava em Indiana e agora se chamava Beatrix Ahern.

Você não estava no diário. Descobri sobre você pela Bea. Não sei se o papai sabia que você existia.

Sinto muito por isso também. De algum jeito sinto que a culpa é minha, porque a sua mãe, Anne Wooster, largou ele depois que ele engravidou a minha mãe.

Desculpa,
London Wooster

Assunto: Algumas coisas sobre mim
De: LONDON WOOSTER <l89989889@ymail.com>
Para: Ezra <e89898989@ymail.com>
Data: sex., 19 de abr. 08:12

Querido Ezra Ahern,

Meus amigos me chamam de Lo. Não que sejamos amigos ou que eu esteja imaginando que algum dia seremos, mas eu queria dizer que você pode me chamar assim se quiser.

Ou talvez você pense em outro nome, o que também ia ser legal. Sempre quis ter um apelido diferente. Meu melhor amigo, Thomas Warmflash, é chamado de Wormy desde a segunda série. E minha amiga Megan Louise Vanacore é Midge para a família, Meg para o Wormy e para mim, Vana para a namorada, e Lou para o resto.

Outras coisas sobre mim:

Estou escrevendo escondido no celular, sentado em um carvalho todo retorcido que fica na frente da janela do meu quarto. Quando eu tinha sete anos, batizei a árvore de Capitão América, porque ela era grande e forte e parecia boazinha. Pode parecer loucura. Mas tenho certeza de que tudo isso parece loucura para você.

O nome da minha mãe é Amelia e ela é paisagista. Então sei bastante sobre plantas. (A maioria das pessoas chama ela de Ames, mas nosso pai chamava de Amélie, como o filme.)

De cima do Capitão consigo enxergar até o rio e o arco.

Estou na nona série.

Vou te mandar uma foto minha para que você veja se somos parecidos. A Bea e eu temos o mesmo nariz, o nariz do nosso pai. Ela olhou para ele e logo disse:

— Então você também herdou o nariz. Sinto muito.

Tenho um cachorro chamado Bigode. Ele tem seis anos.

Quando eu crescer quero ser arqueólogo. O papai me levava para assistir às escavações patrocinadas pela universidade, e às vezes eles me deixavam ajudar.

Sou bom nisso.

Nunca tive um irmão, mas sempre quis.

Atenciosamente,

Lo

Assunto: Mais uma coisa
De: LONDON WOOSTER <l89989889@ymail.com>
Para: Ezra <e89898989@ymail.com>
Data: sex., 19 de abr. 20:48

Querido Ezra Ahern,

Talvez eu devesse parar de escrever porque não quero te sufocar nem nada, mas só queria pedir desculpa mais uma vez.

Espero que pense em responder. Vou ficar aqui no Capitão até você responder.

Seu irmão,
London

Assunto: Último, eu juro
De: LONDON WOOSTER <l89989889@ymail.com>
Para: Ezra <e89898989@ymail.com>
Data: sáb., 20 de abr. 00:52

Querido Ezra Ahern,

Na verdade, não vou ficar no Capitão a noite toda porque não é tão confortável assim e preciso acordar cedo para uma escavação na Sappington House, a casa de alvenaria mais antiga da cidade. E a mamãe também me mataria se eu fizesse isso. E se você ficar horas sem responder, ou nunca responder? Eu ia ficar aqui por horas e tenho certeza que ia me dar fome.

Então boa noite, Ezra. E, se você decidir não responder, adeus. É uma pena não ter conhecido você. E quem sabe? Talvez você também ache uma pena não ter me conhecido.

London

p.s. Não era minha intenção que o tom fosse de ameaça. Eu só quis dizer que vai que você sempre quis um irmão, como eu, e que estou aqui.
p.p.s. Eu queria poder entrar na TARDIS do Doctor Who e fazer tudo diferente, mas tive essa ideia doida de que conhecer vocês seria como me agarrar a um pedaço do papai.

Assunto: FW: Último, eu juro
De: Ezra <e89898989@ymail.com>
Para: Bea <b98989898@ymail.com>
Data: sáb., 20 abr. 02:12

Bea,

Por favor me diga o que está acontecendo. Preciso ouvir de você, porque não estou acreditando em mais nada.

Ez

Assunto: FW: Oi
De: Ahern, Ezra
Para: Hall, Terrence
Data: sáb., 20 de abr. 07:24

Terrence,

Está acontecendo o seguinte comigo esta manhã.

Ninguém mais está acordado aqui, mas logo vão levantar. Preciso sair daqui.

Não sei o que fazer. Mas pelo menos agora você sabe o que está acontecendo.

Bj,
Ezra

Assunto: RE: FW: Oi
De: Hall, Terrence
Para: Ahern, Ezra
Data: sáb., 20 de abr. 07:27

Venha para cá. Agora.
    Conte comigo.
    <3 T

Assunto: FW: Último, eu juro
De: Ezra <e89898989@ymail.com>
Para: Bea <b98989898@ymail.com>
Data: sáb., 20 de abr. 10:12

Precisei dele, Bea, e ele estava lá. O Terrence.

Essa coisa simples que nunca foi fácil, mas que desta vez funcionou.

E eu chorei, porque acho que nunca tinha conseguido isso. Não assim.

Chorei porque a mãe nunca tinha vindo quando precisei. Não de verdade.

Chorei porque você não está aqui agora que eu preciso.

Chorei porque meu pai está morto, e eu nunca pude procurar por ele.

Chorei porque a gente só descobre o quanto o fundo do poço é fundo quando já está se afogando.

Chorei e quase que estava tudo bem, porque estava chorando nos braços do Terrence. E desta vez ele sabia tudo o que precisava, tudo em mim que precisava ser abraçado.

Chorei porque a presença dele permitia que eu me permitisse chorar.

Chorei porque naquele momento, Bea, eu estava exausto demais para me irritar, derrotado demais para atacar.

Chorei porque, quando cheguei à casa dele, o pai dele não entendeu por que eu estava lá tão cedo num sábado, e o Terrence disse, sem mais:

— Ele é meu namorado, pai. Meu *namorado*. Eu amo o Ezra, e se isso for um problema podemos conversar depois. Neste momento, ele precisa de mim, e você não vai me impedir.

Chorei porque eu não tinha nem ideia do quanto eu precisava que ele dissesse isso.

Chorei porque o pai dele não tentou impedir mesmo, e a mãe dele preparou um café da manhã para mim.

Chorei porque estou começando a perceber que amar uma pessoa, amar profundamente, é querer que ela seja nossa família.

Deixei que todas essas coisas fossem crescendo dentro de mim. Me permiti sentir todas elas de uma vez só. Senti a perda mais que tudo. A perda do lar que eu nunca tive. A perda de tanto da minha vida até agora. A perda deveria ser uma dormência. Um vazio. Mas não é. É a parte mais dolorosa.

Me perguntei: A mãe e o Darren nos feriram mais com o que fizeram ou com o que não fizeram? O que nos machuca mais, a presença ameaçadora e agressiva deles ou a ausência de bondade?

Eu pensei sobre todas essas coisas. Senti todas elas.

E me agarrei não só ao Terrence, mas a tudo o que tenho.

Eu disse a mim mesmo que este é o recomeço, esta é a primeira manhã de algo novo.

Parei de chorar.

Sentei no chão da casa do meu namorado, e ele catou os lenços amassados e me ofereceu outro. Ele estava do meu lado no fundo do poço, sem que nenhum de nós soubesse o que dizer.

Nunca havíamos chegado tão fundo assim. Claro que já afundamos antes, quando ele desabafava sobre o amor condicional do pai ou a incapacidade da mãe de convencê-lo de que não pode ser assim, ou quando me dava vontade de contar para ele alguma coisa que tinha acontecido na nossa casa. Uma noite ele me perguntou diretamente se o abuso já tinha passado dos gritos, dos empurrões ocasionais e dos socos mais ocasionais ainda. E eu respondi que não passava disso, então ele disse que ainda assim era absurdo. Eu não discordei, mas a conversa parou por aí, não tentamos traçar um plano de fuga. Nessa altura estávamos escalando a parede do poço. Não no fundo, porque eu ainda acreditava que com um pouco de força conseguiríamos sair.

Mas agora eu preciso dele ao meu lado porque, se eu parar, se eu me cansar, vou cair e não volto mais. Eu posso precisar que ele me puxe até a borda, e ele está me mostrando que é forte o bastante para fazer isso.

Ainda estou aqui. No chão da casa dele. No fundo do poço. Mas agora com o notebook dele, e ele me dando um pouco de espaço para eu te escrever. Terrence diz que eu preciso escrever para você. Diz que preciso entender essa situação toda.

Sei que ele tem razão. Sinto que posso me dar mal confiando tanto assim nele. Mas também sinto que seria idiota não confiar em alguém que sempre foi confiável. Acho que eu não compreendia isso até agora. Não com tanta clareza. A importância da confiança, porque não é algo que eu conheça tão bem.

Tá, respira fundo... O que eu quero te dizer é o seguinte.

Se London é quem diz — e só acredito que ele seja porque acho que, do contrário, você não teria dado meu e-mail para ele —, não sei se quero ter qualquer tipo de relacionamento com ele. É uma pena que o pai dele tenha morrido. É uma pena que ele sempre tenha desejado um irmão. Mas não consigo sentir mais do que pena. O resto é minha raiva exausta.

Saber que nosso pai biológico era bom só piora.

Saber que ele morreu e que nunca teremos um dedo sequer daquela bondade piora mais ainda.

Ter descoberto isso por um estranho, não por você, é a morte.

Parece que passei a vida inteira jogando um jogo chamado *Isso não é tão ruim quanto aquilo*. Eu dizia a mim mesmo que nossa vida com a mãe e o Darren não era tão ruim quanto se eles abusassem de nós sexualmente. Ou nos batessem até quebrar um osso. Ou nos expulsassem de verdade em vez de só ameaçar. Ou impedissem que víssemos a vovó, a única pessoa que tentou nos amar de verdade. Sempre podia ser pior. Listei tudo o que poderia ser pior. Isso não é tão ruim quanto aquilo.

Por que ninguém nunca me disse que eu estava jogando o jogo errado? Por que eu não entendi como minhas referências estavam erradas e que não fui eu quem tinha estragado todas elas?

Sempre senti a combustão dentro de mim, Bea. Sempre pensei que fosse reluzente como o sol e que se eu deixasse que alguém a visse ela nos cegaria.

Mas eu estava enganado.

Não era um sol.

Era um eclipse.

E agora estou sentindo o que acontece quando todas as mentiras, todos os jogos, todas as negações são arrancadas.

Entendo por que você foi embora, Bea.

Entendo perfeitamente por que você foi embora.

Mas ainda estamos no fundo do poço, né?

Como é que vamos sair agora?

Ez

Assunto: O fundo do poço
De: Bea <b98989898@ymail.com>
Para: Ezra <e89898989@ymail.com>
Data: dom., 21 de abr. 21:15

Sim, Ez. É verdade. Nós temos um irmão. Um irmão de quatorze-quase-
-quinze anos, que é um cachorrinho ansioso chamado London e que me
induziu a largar a única vida que eu conhecia para me tornar uma desaparecida e abandonar a escola. Não tem como inventar uma coisa dessa.

Desculpa não ter te contado, mas eu não ia conseguir. Talvez tivesse voltado lá e estrangulado aquele garoto. Não que minha vida estivesse prestes a ser maravilhosa, mas a ideia de que talvez eu tenha destruído a mínima chance que tinha é difícil de engolir.

Ele se parece com a gente, Ez.

O que aconteceu foi o seguinte:

Nos encontramos no Forest Park, que é um parque municipal gigante onde ficam o museu de arte, o zoológico, o museu de história e
o Turtle Playground, que é um parquinho com umas esculturas de tartarugas do tamanho de dinossauros que você pode escalar. Era um dia
quente e de céu azul, e parecia que a cidade inteira de St. Louis estava
lá, no parque, quero dizer. O parquinho estava lotado de crianças.

Meu primeiro pensamento foi *Talvez o pai não lembre que agora tenho
dezoito anos e estou velha demais para escalar esculturas de tartarugas.* Afinal,
a última vez que o vi, fazia só um ano que eu tinha aprendido a andar.

Sentei na grama e esperei. Então mudei de ideia porque e se ele
não me visse ali na grama? E levantei, e ficou tão formal, e nunca sei o

que fazer com os braços, então sentei na cabeça de uma das tartarugas, balançando as pernas e tentando parecer toda despreocupada, larilá. Dali, eu enxergava todos os lados. Eu não sabia de onde ele viria.

Sempre que eu via um homem com a idade do pai, meu coração saltava e eu pensava *Lá vem ele*, ficando um pouco sem ar. E o homem passava reto ou ia para outra direção, e eu afundava um pouco mais, derretendo no concreto marrom lamacento da cabeça da tartaruga.

Pobre Bea.

Então...

De repente, um garoto veio subindo no casco de outra tartaruga. Ele ficou ali um tempinho, protegendo os olhos do sol com as mãos, olhando ao redor. Ele chamou minha atenção porque estava usando um colete acolchoado de um vermelho vivo apesar dos quase trinta graus. Quando me viu, pulou do casco e veio até mim.

Quando bati os olhos nele vi que devíamos ser parentes. Mas mesmo enquanto ele se aproximava, mesmo ao perceber que aquele garoto tinha alguma relação com a gente, continuei olhando para trás dele, procurando o pai.

— Oi — ele disse.

— Ahn, oi?

Ele ficou ali me olhando, forçando a vista por trás dos óculos, e o que ele disse em seguida?

— Seu cabelo está diferente. Era comprido. É curto agora. E branco.

— Não é branco. É loiro.

— Parece branco aqui de baixo. Você continua bonita. Só diferente.

Eu disse:

— Estou esperando uma pessoa. Saia.

Ele disse:

— Eu sei.

Foi quando eu soube que o pai não viria. Aquele pai, onde quer que estivesse, não fazia nem ideia de que eu estava ali. Meu estômago se revirou e meus ossos gelaram apesar do calor.

Ele disse:

— Seu pai é Jonathan Wooster. Jonathan Calvin Wooster.

— Jonathan Calvin Ahern.

— Não. É Wooster.

— Na internet você disse Ahern.

— Porque é o seu sobrenome. É o sobrenome que você achava que era dele. Eu precisava que você acreditasse em mim.

— Então você está me dizendo que o sobrenome dele era Wooster?

— É.

— O que quer dizer, o quê? Que o meu sobrenome na verdade é Wooster?

— Acho que sim?

— Aff. De jeito nenhum.

— Eu posso provar.

Eu é que não vou ficar discutindo com um adolescente que parece capaz de passar dias discutindo. Digo:

— E?

— E eu sou filho dele.

— Filho de quem?

E continuo olhando em volta. Caso o pai esteja chegando, atrás daquela árvore, ou vindo por aquele caminho.

O garoto disse:

— Do Jonathan Calvin Wooster. — E estendeu a mão e disse: — Sou seu irmão.

Eu disse:

— Não.

— Sim.

— Não.

— Sim.

— Estou esperando meu pai.

— Eu sei.

Eu disse:

— Se você é mesmo filho do Jonathan Ahern, Wooster, prove.

Enquanto isso meu estômago se revira e meus ossos parecem prestes a se partir de tão gelados.

E ele pega o celular e me mostra várias fotos dele com um homem que parecia muito o pai, ou pelo menos o pai de quem eu lembrava mais ou menos. E ele me mostra a carteirinha da escola, e ali está seu nome, *London Wooster,* e uma foto dele sem os óculos, um pouco tremida, se parecendo tanto comigo aos quinze anos que por um segundo achei que *fosse* eu.

E digo:

— Então você também puxou o nariz dele. Sinto muito. — E continuo: — *London?* Sério?

E meu coração está batendo rápido demais porque, embora o nome seja diferente, *sei* que é ele. Esse homem. No celular dele. É nosso pai.

London diz:

— É. Mas me chamam de Lo. Você pode me chamar de outra coisa se quiser.

— Não, obrigada.

— Tenho quase quinze anos.

— Bom pra você. De onde vem o *Wooster?*

— Sua mãe trocou de sobrenome quando foi embora.

Parece mesmo algo que a mãe faria, mas por que eu deveria acreditar nesse garoto?

— O que você quer, London Wooster?

— Lo. Conhecer você.

— Por quê?

— Porque nosso pai morreu ano passado e eu sou filho único.

Ele disse assim mesmo, Ez. *Nosso pai morreu ano passado.* Com toda a naturalidade do mundo.

Eu disse:

— Não é problema meu.

Mas a essa altura estou tentando respirar. Estou tentando me concentrar em não cair da cabeça dessa tartaruga idiota do tamanho de um dinossauro e me estatelar no chão aos pés dele.

Ele disse:

— Foi por isso que você veio aqui.

— Para conhecer ele, não você.

— Mas eu estou aqui, e ele não está. Então talvez você possa me co-nhecer. Desculpa ter mentido, mas eu nunca achei que você fosse res-ponder. Mas você respondeu, e eu não conseguia acreditar, você achou mesmo que eu fosse ele, e eu queria conversar mais com você, então não contei que era eu.

— Você entende como tudo isso é insano?

— Sim.

— Não, sério, insano mesmo.

— Eu não...

— E eu deixei minha vida para trás para vir encontrar ele. Não você.

— Desculpa.

— Eu deixei o Ez.

— Quem é Ez?

— Ezra. Meu irmão.

— Eu tenho um irmão?

Eu disse:

— Não.

— Mas...

— Não.

— Mas você acabou de dizer...

— Não.

— Ezra? O nome dele é Ezra?

— Não.

Sem parar, Ez, eternamente.

Até que ele disse:

— Talvez ele pudesse vir para cá...

Nessa hora eu levantei e fiquei muito mais alta que London Woos-ter porque estava em pé no nariz da tartaruga. E eu disse:

— Não. Você precisa parar. Eu não sou sua irmã. Ele não é seu ir-mão. Talvez tecnicamente, mas só isso. Nós não temos o mesmo pai. Como poderíamos ter o mesmo pai se o Ezra e eu nunca tivemos pai?

— E talvez eu estivesse gritando. As crianças pararam de brincar. As pessoas ficaram encarando. Eu as encarei de volta. — Ele não é meu irmão — gritei para elas. — O nome do meu irmão é Ezra, e ele está lá em casa. Este... — apontei para o London — NÃO É ELE.

E as pessoas pararam de encarar, pegaram seus filhos e se afastaram, fazendo de tudo para não olhar para mim.

A essa altura London estava chorando, e eu fiquei com pena, mas sinceramente, Ez, fiquei com mais pena de mim. Porque eu só conseguia pensar na minha lista de perguntas.

Por que você nos deixou?
A mãe sempre foi escrota assim?
Você é tão escroto quanto ela diz?
Você sabe do Darren? Tipo, você sabe como ele trata seus filhos?
Você nos trataria assim, se estivesse aqui?
Como você era quando tinha a nossa idade?
Você queria filhos, afinal?
Do que você tem mais medo?
O que você sempre quis fazer?
Com qual Vingador mais se identifica?

Todas essas perguntas que nunca vão ter resposta porque nosso pai levou todas com ele. E naquele momento, em pé ali, percebi o quanto eu queria saber aquelas respostas. Tipo, *precisava* saber. Minha vida inteira, eu só pensava no pai quando me perguntava por que ele nos odiava tanto a ponto de não só nos abandonar, mas nos abandonar com a nossa mãe. E de repente, nos últimos sei lá quantos meses, estou pensando nele todos os dias. E percebi o quanto eu queria ver ele. E conversar com ele. E fazer cada uma dessas perguntas, cacete.

E comecei a chorar, e parecia que eu estava vendo o mundo através daquelas cortinas de banheiro que ficam embaçadas e respingadas de água. Isso, sim, é estar no fundo do poço. Eu nem sabia que um poço podia ser tão fundo assim.

Então desci da tartaruga e simplesmente comecei a me afastar daquele garoto, nosso irmão. Mas antes falei:

— Foi você que fez isso. Você que vai contar para o Ez.

E peguei o celular dele, digitei seu e-mail e deixei ele lá.

Assunto: O fundo mais fundo
De: Bea <b98989898@ymail.com>
Para: Ezra <e89898989@ymail.com>
Data: dom., 21 de abr. 22:47

Fui embora de St. Louis. Encontrei a Interestadual 70 e fui andando até cruzar a fronteira da cidade porque eu precisava me afastar de lá o máximo possível, nem que tivesse que fazer isso a pé.

E pedi carona até Columbia. Não sei o motivo, talvez porque já tivesse ouvido falar dela, ao contrário de várias outras cidades do Missouri. E talvez porque o cara que me deu carona era de uma beleza que nossa! E ele estava indo para lá. O nome dele é Patrick Aaron Robinson, os amigos chamam de Patch, e ele joga basquete na Universidade de St. Louis. Embora pareça um bom garoto que vai à igreja — olhos castanhos acolhedores, sorriso fácil —, vestia uma camiseta do Sex Pistols e tinha um aromatizador de *pinup* pendurado no retrovisor da caminhonete. A antiga Bea teria dado uma olhada para ele e dito passa reto, cara. Porque esse cara é assustadoramente bonito. Lembra do Marcus Doyle, uma série acima da minha? Patrick Aaron Robinson é ainda mais bonito. Então a antiga Bea diria: "Nem pensar". Eu nem saberia o que dizer para um cara desse. Mas a Bea fugitiva/que largou a escola simplesmente subiu na caminhonete.

No início ele tentou puxar assunto, mas, como eu não respondia, deixou para lá. Não nos falamos pela maior parte do caminho; eu, na minha cabeça, pensando no quanto a minha vida estava fodida por causa de um garoto de quase-quinze-anos, e agora esse cara ia me matar e largar meu corpo no meio do mato, porque aparentemente sou péssima em julgar o caráter dos outros, e assassinos em série às vezes parecem pessoas comuns que vão à igreja ou o Zac Efron (veja *Ted Bundy: a ir-resistível face do mal*), e ele era os dois. Meu cérebro ficava repetindo *Saia da caminhonete. Pula fora agora, mesmo em movimento.* Mas meu corpo só ficou sentado ali.

Em algum momento, eu disse para ele:

— Se você vai me matar, pode fazer isso agora.

Ele olhou para mim como se eu fosse doida.

Eu disse:

— Vá em frente. Sério. É melhor para mim se acabar logo com isso.

— Você *quer* que eu te mate?

Ele estava fazendo aquela coisa do meio-sorriso, com covinhas, como se fosse uma piada.

— Na verdade, não.

— Então não vou te matar.

Ficamos em silêncio durante um minuto, então ele disse:

— Você sabe que eu estava brincando, né? Eu não sou um assassi-no. Não sou capaz nem de pegar um peixe sem soltar depois na água. O que deixa meu pai extremamente decepcionado.

Eu disse:

— Tudo bem.

— Qual é o seu nome?

— Você não precisa saber. Só estou aqui pelo transporte grátis.

— Você tem cara de Martha.

— Tá me zoando?

— É. Tem mesmo. — *Sorriso sorriso covinha covinha.* — Então, se não me disser qual é o seu nome, é assim que vou te chamar.

Dava para perceber que ele achava que estava sendo fofo. E estava mesmo, mas não é essa a questão. Só revirei os olhos e olhei pela janela.

— Então, Martha. Você tem algum grande projeto de vida ou só está vendo aonde a estrada vai te levar?

Ele não quis dizer nada de mais com isso, mas algo dentro de mim deu um estalo. Como se todas as coisas que eu estava guardan-do e carregando do nada ficassem pesadas demais, e eu derrubasse uma no chão, e todas as outras caíssem junto, e de repente eu me visse com os braços vazios, segurando mais nada além do ar. Não que algum dia eu tivesse feito grandes planos para minha vida, mas de repente eu não tinha nenhum. Como se qualquer coisa perto de um projeto de vida tivesse caído por terra no momento em que conheci London Wooster.

Comecei a chorar. De novo. Choro intenso, de soluçar. Arfando, o rosto todo molhado de lágrimas.

Ele parou a caminhonete no acostamento, e foi quando achei que ia acontecer. A morte. Ele desligou o motor. Ficamos sentados ali durante dois ou três minutos, que pareceram mais duas ou três horas. Sei que foram dois ou três minutos porque fiquei olhando para o relógio no painel.

Finalmente, ele disse:

— Se dependesse de mim, eu estaria na universidade do Kansas, com os meus amigos. Mas meu pai tem outros planos.

E ele segue falando que se interessa mais por psicologia criminal do que por basquete e que são só os dois, o pai e ele, a mãe morreu quando ele era pequeno, e o pai não o conhece, não de verdade, embora tenha boas intenções. E o tempo todo eu fiquei sentada ali, chorando com as mãos no rosto, me perguntando se aquilo é algum tipo de ritual de assassino em série. Como se ele quisesse me confessar todas essas coisas antes de enrolar o carregador do celular no meu pescoço e largar meu corpo na beira da estrada.

Então ele perguntou:

— Qual é a sua desculpa?

Abaixei as mãos. Olhei para ele.

— Desculpa para quê?

— Fugir.

— Quem disse que estou fugindo?

Tento secar o rosto com as costas das mãos.

Então ele olhou para mim, começando pelos sapatos, terminando no meu rosto zoado e molhado.

— Você.

Quase saí da caminhonete e tentei a sorte naquele trecho longo da estrada. Mas pensei: *Não tenho nada a perder. E cheguei até aqui, não cheguei? E estou aqui em uma rodovia do Missouri, depois de ter deixado meu irmão — e um outro irmão que acabei de conhecer, por mais que ele seja um babaca mentiroso — e todo mundo de quem eu gosto, incluindo o Franco e a Irene, para trás.* Então eu disse:

— Você deveria tentar. Se odeia tanto a sua vida. Por que não foge?

Ele ficou me encarando por tanto tempo que pensei: *E é agora que ele me mata.*

E ele disse:

— Você tem razão. Talvez eu devesse mesmo. Mas acontece, Martha. — Ele tem uma voz suave e rouca que parece a de um atendente de disque-sexo. — Acontece que eu prefiro fugir para alguma coisa e não de alguma coisa. Isso faz algum sentido?

Solucei. Assenti. Soltei um:

— Sim.

— Eu só não sei ainda para o que quero fugir.

Ele ligou a caminhonete. Voltamos para a rodovia e durante o quilômetro seguinte pensei nisso. *Eu só não sei ainda para o que quero fugir.*

Fiquei sentada ali pensando em tudo *de* que ando fugindo e em como minha fuga foi a primeira vez que eu já corri *para* alguma coisa. Mesmo que essa coisa tenha explodido na minha cara, acho que correr para ainda é melhor que correr de.

E isso me fez pensar no idiota do London Wooster, com seus óculos idiotas e sua cara idiota, com o nariz idiota do pai bem no meio. Ele estava correndo para mim. Para nós, Ez. Ele fez isso de um jeito muito doido e nada a ver. Mas não muda o fato de que ele correu para mim. Independentemente de como ele fez isso, talvez eu devesse ter escutado. Afinal, você e eu estamos com um estoque baixo de família, e de cavalo dado não se olha os dentes, como dizem. Talvez eu não devesse ter dado seu e-mail para ele. Desculpa não ter te contado. Mas, por algum motivo, eu não queria que você soubesse por mim. Achei que ele te devia uma explicação por você ter sido abandonado pela sua irmã. Eu achava que ele devia isso a nós dois.

Quanto mais eu me afastava de St. Louis, pior eu me sentia. Não conseguia tirar aquele garoto da cabeça. Então pedi ao Patch que pegasse o retorno e me levasse de volta. No início ele achou que eu estivesse brincando, mas depois disse:

— Só se você me falar seu nome.

— É Martha. Você estava certo.

Percebi que ele sabia que eu estava mentindo, mas ele disse:

— Tá bom, Martha.

E fez a volta.

Falei:

— Eu posso pedir carona. Alguém deve estar esperando você. Uma garota da faculdade com um cabelo perfeito e uma vida perfeita. Você deveria voltar para ela. Ela está com saudade. Vai morrer sem você. Apesar de ela ser inteligente, competente e provavelmente ter bolsa de estudos, apesar de ela ser capaz de fazer dez faculdades ao mesmo tempo se quisesse. A família dela sempre a apoiou e esteve ao lado dela em tudo o que é importante, e eles acreditam nela, acima de tudo. Fariam qualquer coisa por ela. Você não quer deixar essa garota esperando. Felicity. É o nome dela. Não deixe a Felicity esperando. Ninguém deixa a Felicity esperando.

E ele retrucou:

— Ninguém está me esperando. Ninguém importante. Muito menos essa tal de Felicity de quem você está falando. E pegar carona é perigoso. — Ele abriu aquele sorriso de novo. — Só me diga uma coisa. Voltar para St. Louis é correr para alguma coisa?

— Talvez. Sim.

— Então tá.

Durante um tempo, não falamos nada, então ele disse:

— Ela parece um saco.

— Quem?

— Essazinha aí, Felicity.

— *Essazinha* é ofensivo. A não ser que você seja uma senhorinha rabugenta.

— A Felicity então. Ela parece dar trabalho.

— Ela dá trabalho. Mas é um *trabalho* bom, não um trabalho ruim. Eu daria um trabalho ruim.

— Quem disse?

— Todo mundo.

— Hum.

— Mas eu não dou.

— Não dá o quê?

— Trabalho. Na verdade, sou bem de boa.

E, ao dizer isso, eu meio que acreditei. Pensei em mim de pé na escultura de tartaruga, gritando com todas aquelas pessoas, todas elas olhando para mim durante o pior momento da minha vida, como se eu estivesse lá para dar um show para elas, como se eu tivesse convidado todas a puxar uma cadeira e assistir ao Colapso da Bea. Pensei nelas indo embora correndo depois de eu ter gritado e não consegui segurar, ri alto na caminhonete do Patrick Aaron Robinson.

Ele ficou me encarando, exatamente como as pessoas no parque, e eu disse:

— Só estando lá para entender.

Seguimos em silêncio durante um ou dois quilômetros. Fiquei olhando para a paisagem feia e entediante, imaginando como teria sido crescer ali. Me perguntando como nossa vida teria sido se nós tivéssemos crescido ali. Eu estava perdida em meus pensamentos, como fico de vez em quando, então em algum momento Patch aumentou o volume da música, mais alto, mais alto, e de repente percebi que estava no máximo, e eu não conseguia pensar em mais nada além daquele som. N.W.A.

Abaixei o volume.

— O quê? — eu disse.

— Ah, que bom, você ainda está aí. Eu disse que eu também dou trabalho.

— Não dá, não.

190

— Dou, sim.

Estendi a mão de novo, desta vez para abaixar o para-sol e apontar para o espelho.

— Não dá, não. Olha só pra você.

Ele fingiu se admirar.

— Pegue o volante, Martha. Preciso dar uma boa olhada nisso.

Ele soltou o volante, e eu o agarrei como por instinto para que não saíssemos da estrada ou batêssemos em um carro vindo no sentido contrário. Ele virou o rosto de um lado para outro, sorriu para o espelho, deu uma piscadinha.

Finalmente se acomodou no banco, os braços cruzados, enquanto eu guiava.

— Você acha que conhece as pessoas porque algumas delas já te machucaram. Eu sei como é isso. Mas não finja que me conhece.

Ele fechou o para-sol e pegou o volante. E o ar ao nosso redor mudou. Ele estendeu um braço comprido, as veias e os músculos contraídos, e aumentou o volume de novo.

Não conversamos durante o restante da viagem. Levamos uma hora para voltar até St. Louis, até o parque, e quando chegamos até as tartarugas o London tinha ido embora. Não que eu achasse que ele estaria esperando por mim com aquele colete acolchoado, ali no escuro, mas não vê-lo lá me deixou ainda pior.

Eu disse:

— Ele foi embora.

Ainda que fosse óbvio.

Patch sugeriu:

— Então vamos procurar por ele.

— Você nem sabe quem eu estou procurando.

— Não importa. Isso é mais interessante que qualquer outra coisa que eu tenha para fazer agora. Incluindo a Felicity.

— Foda-se a Felicity — eu disse.

Ele riu.

— Everly — ele emendou.

— O quê?

— Everly. O nome da garota que eu estava indo encontrar quando você me sequestrou.

— Everly?

— Everly.

Revirei os olhos.

— Everly. Felicity. Dá no mesmo. Então você está arrependido de estar aqui? Comigo?

— Não.

E dava para perceber a sinceridade na voz dele; nós dois sempre conseguimos perceber se alguém está falando a verdade ou não. Ele estava com as mãos nos bolsos da calça porque tinha esfriado, e eu pensei: *Ele é uma pessoa que sabe como se colocar e sabe o que fazer com os braços.*

Eu disse:

— Você é muito bonito.

Ele riu de novo. Disse:

— É só meu rosto. — E fez um gesto apontando o próprio rosto como quem diz *isso aqui?* e colocou a mão no bolso de novo. — Então, você sabe onde ele mora? A pessoa misteriosa que você esperava encontrar aqui?

— Não, mas vou descobrir.

Peguei o celular e digitei Jonathan Calvin Wooster, e, veja só, simples assim, um endereço apareceu. Depois de todos esses anos imaginando onde o pai estava, nós só precisávamos jogar o nome num site de busca, e pronto. Ah, se a gente soubesse o nome.

Levantei o celular para mostrar para Patch.

— É ele?

— É o pai dele. Meu pai, tecnicamente. Parece que ele está morto.

— Certo. Sinto muito.

— Obrigada. E, ei, obrigada pela carona.

— É... Você não vai se livrar de mim tão fácil assim, Martha. — Ele começou a caminhar na minha frente, de volta para a caminhonete. Como eu não fui atrás, ele virou e disse: — Bom, vamos. Podemos ficar lá na faculdade ou ir até a minha casa, e você pode conhecer meu pai dominador mas bem-intencionado.

— Tenho onde ficar.

— Claro que tem. Vamos.

E é por isso que estou escrevendo no notebook de alguém que se chama Nando em um dormitório no campus da Universidade de St. Louis. A vida é assim, Ez. A gente nunca sabe aonde vai nos levar.

Assunto: O fundo mais fundo — Parte 2
De: Bea <b98989898@ymail.com>
Para: Ezra <e89898989@ymail.com>
Data: seg., 22 de abr. 01:28

Tá, voltei. Você nem sabia que eu tinha ido, essa é a mágica dos e-mails, mas Patrick Aaron Robinson e eu passamos as últimas duas horas sentados no telhado do dormitório em duas cadeiras velhas de jardim, sob as estrelas, conversando. Eu com uma camisa de basquete dele, que bate no meu joelho, enquanto minhas roupas imundas levavam um trato na lavanderia lá no porão. A primeira coisa que fiz foi perguntar sobre a Everly.

— Então, qual é a história dela?

Fiquei encarando. Caso ele mentisse, eu queria perceber.

— Da Everly?

— É.

Ele bebeu um gole. Esticou as pernas, cruzou os tornozelos, deu de ombros.

— Não sei. Eu acabei me distraindo antes de conseguir descobrir.

— Comigo?

Mas eu sabia a resposta.

Ele riu. Nada parece passar despercebido por ele.

— Com você.

— Há quanto tempo vocês estão juntos?

— Não estamos juntos. Ela estuda na Mizzou. Nos conhecemos aqui em St. Louis em um boteco chamado The Haunt. Semana passada. Hoje em Columbia seria nosso primeiro encontro.

De repente, senti como se as estrelas estivessem me sufocando. Não sei por quê, mas fiquei irritada. Com ele. Com essa garota em Columbia, no Missouri, que provavelmente tem a história mais bonita que você já ouviu, sem vilões, ou tristeza, ou pessoas fugindo.

Eu disse:

— Não quero te impedir de fazer isso.

— Tarde demais. — E ele sorriu para mim. — Se eu quisesse mesmo encontrar a Everly, não teria parado para te dar carona.

Ao ouvir isso, as estrelas voltaram ao lugar delas, lá em cima no céu, e consegui respirar.

— E você? — Agora ele estava com os olhos fixos em mim. — Quem está esperando por você em casa?

— Ninguém. — Mas não era verdade, e ali no telhado, sob as estrelas, eu não queria nenhuma mentira. — Na verdade, o Joe — respondi. — O Joe está esperando. Mas acabou, já tinha acabado faz um tempo. Ele sabe, mas...

Minhas palavras sumiram. Eu não gostei de ter o Joe ali naquele telhado.

— Mas você é difícil de esquecer.

Lancei um olhar de haha vai se foder, mas ele não estava me zoando. Estava sorrindo de um jeito doce, sincero e sexy.

— Vou ter que tomar cuidado com você, Martha.

E não pude deixar de sorrir, então ficamos assim por alguns segundos, sorrindo um para o outro como dois adolescentes em um filme.

Então os olhos dele deixaram os meus e olharam longe. Patch apontou para a casa dele, ou pelo menos na direção dela. Ele disse que não voltava para ver o pai desde o Natal porque os dois não concordavam sobre a vida dele. Patch está vivendo a vida que o pai quer, mas:

— Não quer dizer que eu tenho que fazer isso com um sorriso no rosto, nem que ele pode ficar fazendo muitas perguntas sobre minha vida.

Esse papo me deixou triste porque pelo menos o pai se importa com ele. Eu disse:

— Pelo menos ele se importa com o que vai acontecer com você.

— Eu sei que ele se importa — Patch disse. — Mas tem uma diferença entre se importar e ouvir. Ele não ouve.

Contei para ele sobre a mãe e o Darren e como eles não se importam *nem* ouvem; também contei que fugi de tudo, inclusive de você.

Ele disse:

— Não sei quanto tempo mais consigo *não* fugir.

— Então talvez você precise fugir.

Ele deu de ombros.

— Então fuja.

— É complicado.

E ele pareceu irritado, como se quisesse que eu calasse a boca e deixasse isso pra lá. Mas você sabe como eu fico, Ez. Pareço um cachorro com um osso. Eu não ia deixar pra lá.

— Ou você pode simplesmente continuar reclamando — falei, perdendo a paciência e ficando também irritada.

Quer dizer, eu nunca tive muita paciência, Ez, mas parece que agora que fiquei um tempo sozinha e passei por tudo o que passei, tenho ainda menos. E ao dizer isso a ele me senti um pouco mais velha. E responsável como nunca antes. Porque eu estava dando conselhos àquele homem inteligente e maravilhoso, que tinha a vida inteira pela frente, feito uma velha sábia que viveu cem vidas. E eu queria sacudi-lo, dizer que ele deveria parar de ser o tipo de pessoa que só fica reclamando da vida sem fazer nada para mudar. Às vezes as pessoas, mesmo as inteligentes, mesmo as boas, não se olham no espelho.

Por mais que nossas vidas estejam de cabeça para baixo agora, Ez? Pelo menos estamos fazendo alguma coisa para mudar isso.

Enfim, eu queria que você soubesse o que aconteceu. Não sei o que vai acontecer agora ou para onde vou. Mas sei que amanhã bem cedinho — na manhã de hoje, melhor dizendo — o jogador de basquete mais lindo do mundo e eu vamos até a antiga casa do pai para ver qual é a desse garoto que diz ser nosso irmão.

Um beijo,
Martha

p.s. Ele provavelmente não vai querer ouvir, mas agradeça ao Terrence por mim. Vou dormir melhor esta noite sabendo que você está com ele e que, mesmo ciente da situação, ele está do seu lado, não importa o que aconteça, não importa o quanto o poço seja fundo.

Assunto: De: Bea
De: Bea <b98989898@ymail.com>
Para: franco@francositmarket.com
Data: seg., 22 de abr. 01:50

Querido Franco,

Por favor, aceite meu pedido de desculpas. Sinto muito por não ter escrito para avisar que estou bem, mas só agora consegui arranjar um computador.

Eu vim até aqui para encontrar meu pai. Foi por isso que fugi de casa. Você pode ou não ter sacado isso. Acabei descobrindo que meu "pai" é um meio-irmão que eu nem sabia que tinha. Meu pai de verdade morreu. A antiga Bea teria simplesmente ido embora sem dar nenhuma notícia, mesmo depois de você ter me tratado tão bem. Mas estou tentando me livrar da antiga Bea. A nova Bea quer pedir desculpas a você e à Irene.

Estou tentando resolver uns assuntos. Sei que deixei as minhas coisas na sua loja, minhas poucas coisas. Se eu não voltar em uma semana, mais ou menos, por favor, sinta-se à vontade para jogar tudo fora.

Obrigada mais uma vez.

Sua amiga,
Bea

Assunto: Pensamentos da madrugada
De: Bea <b98989898@ymail.com>
Para: Ezra <e89898989@ymail.com>
Data: seg., 22 de abr. 02:09

Quando você está com o Terrence, sente que precisa se comportar da melhor maneira possível e mostrar a ele sua melhor versão? Tipo, você sente uma necessidade de se varrer para debaixo do tapete ou para a rua e se livrar de cada parte sua empoeirada, com teias de aranha, bagunçada e quebrada para que ele não veja nada disso?

Eu nunca senti isso com o Joe, mas o Patch é tão bom, gentil, bonito e engraçado que me intimida. E, como se não bastasse, ele é inteligente. Por algum motivo, ele gosta de conversar comigo — ou finge muito bem —, mas eu queria ter uma versão mais vislumbrante, mais iluminada da Bea agora, que pudesse tomar meu lugar e sentar ao lado dele no telhado deste dormitório e conversar sobre as estrelas.

Assunto: Domingo sangrento
De: Ezra <e89898989@ymail.com>
Para: Bea <b98989898@ymail.com>
Data: seg., 22 de abr. 03:21

Então eu comecei o dia na igreja.

Eu sei, eu sei... pode pegar seu queixo do chão. Pode conferir se está chovendo canivete. Eu também fiquei surpreso. Mas a mãe do Terrence me convidou para ir com a família à igreja domingo de manhã, e eu sabia que era importante. Vi no rosto do Terrence que era importante. A mãe dele estava arriscando algo que nunca tinha tentado antes. Aceitei o convite.

O problema é: não tenho roupa para isso. E você sabe que não visto o mesmo tamanho do Terrence. Mas a mãe dele não se deixa abalar; não, ela vai até um armário que eu nunca tinha percebido e pega um terno que era do pai do Terrence quando estava na faculdade.

Então aqui estou eu, o garoto branco em uma igreja de negros, cheirando a naftalina e pisando na barra da calça. E sabe como as pessoas reagem? Como se estivessem felizes em me ver ali. Sou apresentado como "amigo" do Terrence, e não como namorado? Pode ter certeza. Eu me incomodo com isso? Nem um pouco.

O culto começa, e apesar de não ter nem ideia do que dizer ou fazer, sei por que estou ali. Não só porque é bom se sentir bem-vindo. Não, é também porque meu pai morreu e eu não pude ir ao velório, e o que preciso agora é de um espaço para fazer esse ritual na minha cabeça. Não tem nenhum discurso nesse velório, porque não sei o que dizer. O caixão está fechado, porque não sei como ele é. Mas ao meu redor há orações e canções, améns e aleluias. Estamos sentados na última fileira do velório, Bea; ninguém sabe que estamos ali. Vejo London na frente com a mãe, soluçando. Vejo várias outras pessoas estendendo a mão para confortá-los. Entendo que esse homem que não conheci, esse homem que morreu, deixou memórias em todas essas pessoas. Ao longo da cerimônia, as memórias vêm à mente delas. Você e eu nos esforçamos para vê-las. Queremos saber só um pouquinho mais. Queremos sentir que merecemos estar ali.

Começo a chorar, ali na igreja — a igreja de verdade, não a da minha cabeça. Não um choro alto, mas lágrimas que escorrem pelo meu rosto e que tento secar rápido. Todos estão tão ocupados com seu *Jesus, Jesus, Jesus* que acho que não vão perceber. Mas a mãe do Terrence pega um lenço da bolsa e entrega para mim. Então, quando termino de secar o rosto, ela acaricia minha mão. *Vai ficar tudo bem.* Ela não precisa dizer; a mensagem é transmitida por aquele simples toque.

Faço uma oração por London e pela mãe dele, porque sei que devem estar passando por um momento difícil, e talvez sejam o tipo de pessoa que acredita em orações.

Depois da igreja, tem muita conversa e bate-papo. O Terrence pergunta aos pais se podemos ir andando para casa porque o tempo está agradável; tenho certeza de que eles entendem que Terrence só está dando um jeito de a gente sair dali, e concordam. É uma caminhada de meia hora, e provavelmente vamos chegar na casa deles a tempo para o almoço.

Não há muito o que dizer sobre a nossa volta para casa a pé, foi só uma caminhada em um dia gostoso. Como você deve imaginar, o Terrence e eu passamos muito tempo juntos neste fim de semana, conversando ou dando um tempo de conversar. Não temos mais muito o que dizer, e isso passa uma sensação de conforto, não de constrangimento. Ele me conta algumas histórias sobre as pessoas que conheci na igreja, e tento entender de quem ele está falando. (Ele as descreve pelas roupas que vestiam; não tenho coragem de dizer que, embora ele perceba esse tipo de detalhe, eu não lembro de nenhuma roupa.)

Estamos tão envolvidos na conversa que não percebo o carro do Darren estacionado do outro lado da rua da casa do Terrence. Não até o Darren chamar meu nome, e eu virar e vê-lo sentado no banco do motorista, a janela aberta.

— Ezra! — ele grita. — Entre neste carro *agora*.

A mãe está no carro também, Bea. Vejo ela ao lado dele, olhando para a frente.

— *Agora* — o Darren repete.

Fico paralisado.

Então, o aviso:

— Não me faça sair deste carro.

Não consigo me mexer.

Sinto o empurrão de todas as outras vezes em que ouvi o Darren; é praticamente instintivo no mesmo instante colocar na balança exigência vs. consequência, sabendo que é sempre mais fácil ceder à exigência que vê-la se transformar em consequência. *Não me faça sair deste carro. Não me faça repetir. Não me faça ir até aí. Não me faça tirar isso aí da sua mão e jogar no lixo. Não me faça machucar você. Não quero machucar você, mas vou machucar.*

— Ezra — o Terrence diz, puxando meu braço. — Vamos entrar.

A porta do carro abre. A porta do carro fecha. O Darren atravessa a rua.

O Terrence puxa mais forte. Ele vai rasgar a manga do terno do pai.

Por que não consigo me mexer?

Vá com ele. Entre no carro. Você sabia que isso ia acontecer. Você sabia que não ia poder ficar aqui.

O Terrence para de puxar minha manga. Ele está desistindo de mim. Naquele momento, tenho certeza de que ele está desistindo de mim.

Entre, Terrence, penso. *Está tudo bem. Eu vou.*

Mas em vez de entrar, ele se coloca entre mim e o Darren.

— Vá embora daqui! — grita. — Você está na nossa propriedade.

Pare, penso. *Não vai funcionar.*

Darren ri, subindo o meio-fio.

— Claro. A propriedade é de vocês, mas ele é propriedade da mãe e eu vim recuperar essa propriedade. Está na hora de ele pedir desculpas por tudo o que fez a ela.

— Pedir desculpas? — digo.

Ele lança um olhar fulminante para mim, cheio de raiva.

— Você não vai mais magoar a sua mãe, está entendendo? De agora em diante, vai se comportar. Agora pare com essa merda e vamos para casa.

Qual é a única palavra que nunca podemos usar com o Darren? Três letras, começa com *N*, termina com *O*? A palavra-gatilho. A palavra perigosa. A palavra que com certeza vai irritá-lo ainda mais e agravar o castigo.

Eu vi o que aconteceu quando você usou essa palavra. Ouvi o que aconteceu.

Eu também sabia que ela não impediria nada. Sabia que ele atacaria assim mesmo.

E se quer saber a verdade, a verdade desprezível, talvez eu não tivesse usado a palavra naquele momento se o Terrence não estivesse lá, se eu não estivesse com tanta vergonha por ele ver minha fraqueza exposta. Foi essa vergonha, mais do que qualquer coisa, que encontrou uma maneira de dizer não para o Darren.

No instante em que a palavra saiu, ele me agarrou. O Terrence tentou impedir e levou um empurrão. Raiva, Bea, pura raiva. O Darren simplesmente me jogou no chão.

O solavanco da batida. Ele em cima de mim. O Terrence gritando e tentando tirá-lo de cima de mim. Eu pensando *Vou morrer* e também *Sinto muito pelo terno*. Mais vozes, vizinhos vindo correndo. Gritando.

— Saia de cima dele!

E então, um milagre: o Darren saindo de cima de mim. Sendo tirado. Se livrando do Terrence e do sr. Anderson da casa ao lado. A sra. Anderson gritando:

— Polícia! Estou chamando a polícia!

Talvez seja essa a palavra que o atinge. Não consigo levantar. Ele está gritando com todo mundo agora, dizendo que sou seu filho, que ele pode disciplinar o filho como bem entender. *Você merece isso*, é o que ele diz para mim. Mas agora não me olha mais, enquanto ainda estou no chão. Mais alguns vizinhos saem de casa.

— Estou indo, estou indo — o Darren grita.

Viro o rosto e olho para o carro.

Nossa mãe, Bea.

Nossa mãe.

Simplesmente.

Fica.

Sentada.

Ali.

Olhando para a frente pelo para-brisa.

Estou aqui, mãe.

Quero gritar, mas não quero que o Darren volte.

O Terrence estende a mão para me ajudar a levantar. Ponho a mão na parte de trás da cabeça e ele diz:

— Ah, merda.

Porque tem sangue nos meus dedos.

A porta do carro bate de novo. Ele faz uma curva aberta em U, e por um segundo eu acho que ele vai nos atropelar. Mas o carro vai embora.

A sra. Anderson dá uma olhada na minha cabeça. Me diz que não parece muito grave, mas que é melhor eu ficar ali enquanto ela pega o kit de primeiros socorros e um pouco de água.

Fico no chão. Outra vizinha, a sra. Clemmons, diz que filmou tudo com o celular, incluindo a placa. O Terrence senta ao meu lado, segura minha mão. Os vizinhos percebem e não comentam. Em vez disso, o sr. Anderson se apresenta, e a sra. Clemmons também.

A sra. Anderson está limpando o ferimento ("É só um corte", ela garante) e fazendo um curativo quando os pais do Terrence chegam de carro.

Tenho muitas coisas para explicar e não consigo me segurar.

Explico tudo.

Eles chamam a polícia. Lembram aos policiais o que o Darren fez no cinema. Perguntam sobre uma ordem de restrição. A polícia diz que vai alertá-lo para que fique longe e explica o que fazer para conseguir uma ordem de restrição. Ninguém fala sobre conselho tutelar, abrigo e todas essas coisas que me dão medo. Eles perguntam de você e faço questão de dizer que você tem dezoito anos, que nos falamos e que você está bem. A família do Terrence também age como se eu já morasse lá com eles, como se essa parte já estivesse resolvida.

Não estou contando isso para te deixar aflita. Estou bem. Foi uma droga ver ele de novo, mas também me ajudou a perceber que quanto mais as pessoas ouvem a minha história, mais ficam do meu lado, não do dele. Ainda sinto medo, mas não estou surtando por causa disso. Não como antes.

A mãe do Terrence estava prestes a ligar para a nossa mãe e dar uma bronca nela; sinceramente, nunca vi a mulher tão nervosa. Mas me surpreendi ao dizer a ela que não, que era eu quem deveria fazer aquilo. Não agora. Mas logo. Fico pensando nela sentada naquele carro, olhando para a frente como se o carro estivesse andando, e sei que não posso simplesmente ficar calado. Não. Vai chegar a hora, em breve, em que vou ter que dar uma palavrinha com ela. Porque *minhas palavras*, mais do que meu silêncio, é o que ela merece agora.

Mas não esta noite. Está tarde. O Terrence diz que não vai me esperar acordado, mas sei que vai. Todas essas coisas aconteceram... e ainda tem a escola amanhã.

Mas, ei, você sabe disso porque está em um dormitório. Como é, Bea... a faculdade? A gente deveria ir ver como é um dia, não acha?

Mas primeiro o mais importante. Descubra tudo o que puder sobre nosso pai.

E eu... bom, vou tentar decidir o que quero dizer à nossa mãe. De uma vez por todas. Aceito sugestões.

Ez

ps: Diga ao London que mandei um oi. Afinal, por que não, né, caramba?

Assunto: #fodaseodarren
De: Bea <b98989898@ymail.com>
Para: Ezra <e89898989@ymail.com>
Data: seg., 22 de abr. 07:36

Puta merda, Ez.

Puta. Merda.

Claro que na mesma hora pesquisei na internet se o Darren tinha sido preso, mas se alguém publicou alguma coisa sobre padrasto do mal + mãe incapaz + briga com filho adolescente da mãe incapaz na frente do namorado do filho e dos vizinhos, eu não encontrei.

Conto ao Patch sobre meu irmão mais novo fodão porque, por mais que eu saiba o quanto foi triste e terrível o que aconteceu, estou muito, muito orgulhosa de você, e ele é quem me diz que isso é ainda mais importante do que o Darren tentando te obrigar a entrar no/ te arrastar até o carro. Isso vai muito além do que estamos acostumados. De início, minha cabeça não compreende totalmente, porque estou tão acostumada a ficar calada quando se trata do Darren e da mãe e de todas as coisas sórdidas que acontecem entre quatro paredes no número 885 da Hidden Valley Circle, então minha primeira reação é PUTA MERDA, MEU IRMÃO É FODA, E SE UM DIA EU VIR O DARREN DE NOVO VOU CHUTAR A CARA DELE COM TANTA FORÇA QUE ELE VAI PASSAR A COMER PELO NARIZ.

Nem vou começar a falar da nossa mãe.

Mas, quando conto para o Patch tudo o que aconteceu, ele se empertiga, todo sério, e começa a balançar aquela cabeça linda.

— Meu Deus, Martha — ele diz com um som sibilante, como se estivesse segurando a respiração até aquele instante. — Ele tem muita sorte de ter um lugar onde ficar.

Eu:

— É.

Mas agora estou preocupada com o Terrence e os pais dele e quanto tempo essa hospitalidade vai durar.

— Mas — ele diz —, eu não tinha pensado nisso, pode ser que a polícia diga à sua mãe que o marido dela tem que ir embora, e tudo vai se resolver. O Ezra poderia voltar para casa se quisesse.

Ele também é uma pessoa bastante positiva, algo que me irritaria se não fosse tão descolado e consciente.

Agora, nós dois sabemos qual *deve* ser a resposta caso a polícia diga à mãe que ela tem que escolher entre você e o Darren. *Teria* que ser você, né? O filho dela? Quer dizer, que tipo de mãe rouba os filhos do pai e depois troca os filhos pelo marido novo de merda dela?

Talvez o tipo de mãe que finge que o novo marido não está agarrando o filho dela e tentando obrigá-lo a entrar no carro. Onde ela está sentada. Olhando pela janela. Como se nada estivesse acontecendo.

Não.

Não.

Ela que se foda.

Os dois que se fodam, Ez.

Vou mandar isso agora e espero que você responda logo.

Desculpa por não estar aí.

Desculpa por ter abandonado você.

Desculpa.

Desculpa.

Desculpa.

Um beijo,
Bea

Assunto: De: Franco
De: franco@francositmarket.com
Para: Bea <b98989898@ymail.com>
Data: seg., 22 de abr. 08:02

Bea,

Obrigado por nos avisar onde você está. Se cuide. Suas coisas estão aqui. Não vamos jogar nada fora.

Seu amigo,
Franco

Assunto: Universidade de St. Louis (meu dia Parte 1)
De: Bea <b98989898@ymail.com>
Para: Ezra <e89898989@ymail.com>
Data: seg., 22 de abr. 22:13 (Horário Padrão Central)

Não sei exatamente como começar esta carta. Nós dois sabemos que fui ver nosso irmão hoje. A única coisa que posso fazer é contar como foi.

Mas primeiro.

O Patch e eu saímos do campus por volta das dez da manhã, depois da aula de Introdução à Psicologia Criminal. Para economizar tempo, vou com ele para a aula. Ninguém nem percebe que estou ali porque tem uns duzentos alunos na sala. A professora é jovem, deve estar chegando nos quarenta, e eles a chamam pelo primeiro nome, dra. Naomi. Ela é descolada assim. Enfim, sento ao lado do Patch, me concentrando no cheiro dele de sabonete, na proximidade dele; assim tento me distrair de duas coisas: A) Que meu irmão mais novo (você) acabou de brigar em público com o amante babaca da nossa mãe; e B) Que vou passar o dia com meu irmão mais novo *mais novo* surpresa (London) e a mãe dele (que não é nossa mãe) na casa deles, a casa do nosso pai recentemente falecido.

Então estou inspirando e expirando o Patch, e ignorando completamente a aula da dra. Naomi. Até ela começar a falar sobre natureza vs. criação e como isso influencia os criminosos. *Eles nascem maus? Suas tendências criminosas são genéticas? Isso é discutível. Ou é algo em sua criação, no ambiente de seu lar, no ambiente social, na experiência com os pais... é isso que os cria?* E assim por diante.

Só percebo que estou com a mão levantada quando Patch me cutuca. O olhar dele acompanha minha mão até o alto. Meu olhar acompanha o dele, subindo, subindo, subindo até a minha mão, levantada para todos verem. Abaixo a mão, mas é tarde demais. A dra. Naomi diz:

— Sim?

E de um jeito tão amigável. Tão acolhedor e sem julgamentos. E é por isso que abro a boca e digo:

— E se for uma mistura dos dois? E se eles nascem com uma tendência para a maldade, e se todos nascemos, mas essa tendência é alimentada pelo ambiente em que vivem? E se a genética dos criminosos não for mais zoada que a de nenhuma outra pessoa normal, mas eles ouvem o tempo todo que não têm opção além de serem perversos?

Porque... o que é isso? Estou começando a acreditar que você e eu não somos o problema aqui, Ez, não importa o que a mãe e o Darren digam. É engraçado como, se ouvirmos uma coisa sobre nós mesmos várias vezes, passamos a acreditar. *Eles* são o problema.

A dra. Naomi parece gostar do comentário e dá exemplos de pessoas que sofreram lavagem cerebral para cometer crimes, como seguidores de cultos e as garotas Manson. Fico ali sentada pensando nas garotas Manson e me sentindo melhor comigo mesma — por piores que a mãe e o Darren sejam, eu nunca mataria ninguém ou tatuaria uma suástica na testa. E, de repente, a aula termina.

— Muito bem! — a dra. Naomi diz para mim ao sair da sala.

Dá para ver que ela está tentando lembrar meu nome.

— Martha — digo.

— Martha — ela repete. — Quero te ouvir mais na aula.

E é a primeira vez na vida que alguém me diz algo assim. Do nada, fico paralisada, incapaz de me mexer, até Patch colocar as mãos em meus ombros e me conduzir para fora da sala.

Faculdade. Fico pensando nisso durante todo o caminho até a casa do London. Nunca pensei sobre faculdade. Quer dizer, eu pensava, há uns cem anos, quando era pequena. Quando era tutora da Celia não sei de quê e lia livros que nem a mãe e o Darren (se eles lessem, né) entendiam. Mas quando eu estava no ensino médio descobri que não tinha a menor chance. Não havia dinheiro nem expectativa. Eu ainda pensava nisso de vez em quando, mas nós dois sabemos bem a distância que existe entre pensarmos em algo e esse algo virar uma possibilidade real. Se fosse possível, eu teria ficado e me formado com o Joe, a Sloane e o resto da turma, mas isso nunca pareceu importar.

Faculdade.

Estou me imaginando — uma outra versão minha, mais responsável, menos fugitiva — andando pelo campus, sentada na sala de aula, participando de debates com professores e outros alunos. Imagino meu quarto, decorado com cores vivas, talvez reproduções do Andy Warhol. Vou me vestir como Edie Sedgwick, os olhos esfumados, saia retrô e botas, talvez uma boina para fins irônicos. Vou acenar para todo mundo e vou a festas de vez em quando, mas ninguém mais além do Patch e dos meus amigos bem próximos vai me conhecer de verdade. Todo o resto vai sussurrar sobre como sou inteligente. Como sou misteriosa. Como souberam que eu superei minha *situação* para estar aqui.

Eu me vejo com um capelo e uma beca, atravessando o palco, você na plateia com o Terrence, talvez o London, e o Patch, com aquele sorriso orgulhoso e incrivelmente bonito. Vou fazer um discurso sobre perdão e sobre acreditar em si mesmo, e sobre como, se eu consegui, qualquer pessoa consegue. A plateia vai chorar, eu vou chorar, e vou sair do palco sabendo que sou capaz de qualquer coisa.

É um belo sonho para uma garota Manson, não é?

Um beijo,
Bea

Assunto: London Wooster (meu dia Parte 2)
De: Bea <b98989898@ymail.com>
Para: Ezra <e89898989@ymail.com>
Data: seg., 22 de abr. 23:02

Parte 2

A casa do London Wooster

Patch atravessa St. Louis comigo, dizendo palavras de incentivo. Pela primeira vez, quero ouvir. As palavras positivas são úteis. Minha cabeça é um lugar sempre tão negativo e desconfiado, embora um pouco menos do que antes. Ele fala, e eu ouço.

— Não importa o que aconteça, isso não muda quem você é. Não muda o fato de que você, Martha, é brilhante e incrível, que o seu sorriso, quando você resolve sorrir, é capaz de iluminar o céu do Missouri. Que sua mente funciona de um jeito fascinante e perigoso. Que você é mais corajosa do que pensa. Que você é um fogo de artifício humano, cheio de eletricidade e cores brilhantes, intensas. Que vai sempre ter o seu irmão Ezra, não importa o quanto você esteja longe de casa, não importa quantos meios-irmãos ou meias-irmãs apareçam no caminho.

Antes que eu começasse a imaginar um monte de Londonzinhos, com coletes vermelhos combinando, aparecendo um a um, o Patch diz:

— Ei, Martha. Você consegue.

— E você? — digo.

— O que tem eu?

— Deveria dizer ao seu pai que você tem seus próprios sonhos.

Ele faz um gesto com a mão, como se dissesse para deixar isso pra lá. Fica olhando para a estrada.

— Estamos falando de você — diz, depois de um minuto.

— Sempre estamos falando de mim — respondo, e tem uma ousadia na minha voz, mas você me conhece, Ez. Eu gosto de ser o centro das atenções.

— É que você é muito mais interessante. Além disso, meus problemas existem há um bom tempo. Não precisamos resolver tudo agora.

Ele coloca o volume do rádio no máximo e começa a cantar alto uma música antiga do Prince. Começo a rir daquela cantoria horrível, então ele ri também, e está tudo tranquilo. Canto bem alto o resto do caminho e não consigo lembrar quando foi a última vez que fiz isso: que ocupei tanto espaço, fiz tanto barulho, sem me preocupar. Ele canta junto comigo, pega minha mão, e eu deixo. Eu odiava ficar de mãos dadas com o Joe. Parecia pegajoso e sufocante. Mas às vezes é bom sentir o toque de outra pessoa.

Fico de olho no GPS. Vejo a distância se reduzir até ficarmos a dois quilômetros. *Um quilômetro. Meio quilômetro. Um terço de quilômetro. Duas quadras. Duzentos metros.*

Estamos em um bairro respeitável de classe média alta. Árvores bem cuidadas, casas de dois e três andares, algumas com varanda, outras sem. Não mansões dos sonhos, mas casas mais antigas, com personalidade. Vários SUVs estacionados na entrada.

Cento e cinquenta metros. Cem metros. Cinquenta metros. E de repente chegamos: a única casa daquele estilo na rua, talvez em todo o bairro. Cheia de ângulos e vários andares. Bem moderna, mas, tipo, moderna de um jeito bonito. Como um Picasso.

A porta da frente se abre antes mesmo de eu descer do carro, antes que o Patch termine de me dizer para ligar quando eu quiser voltar, a hora que for, que ele vem me buscar. Antes de ele me fazer repetir (pela décima vez) o número dele, já que eu não tenho um celular onde eu possa salvar. London está na entrada, com uma camiseta do Homem-Aranha grande demais, acenando.

Por um segundo, penso em pedir ao Patch que dê ré, que nos tire dali. Penso em dizer a ele que não vou descer da caminhonete enquanto ele não encarar o pai e se defender, defender sua vida, como eu estou tentando fazer.

Mas ele repete mais uma vez:

— Você consegue, Martha.

E não quero decepcioná-lo e não quero decepcionar o London, que está ali em pé sorrindo e acenando como se estivéssemos no meio de uma multidão gigantesca e ele estivesse com medo de que eu não o visse.

Então fecho a porta da caminhonete, o Patch de um lado, eu do outro, e avanço pelo caminho de pedras. O London estende a mão para me cumprimentar e em vez de dizer "Você é um garoto de quase quinze anos muito esquisito", também estendo a mão e entro na casa atrás dele.

Quero descrever cada detalhe para você, Ez, mas este e-mail já está comprido e eu ainda nem entrei na casa, e tenho tanta coisa para dizer. Foi o pai quem desenhou a casa. Ele não era arquiteto, mas London disse que ele sabia desenhar e quando era mais jovem queria estudar arquitetura. O estilo dela é bem moderno, mas por dentro é aconchegante e acolhedora. Como uma casa de revista, mas sem coisas combinando demais. Espaçosa e arejada, mas cheia de vida. Com muita luz. Muita arte nas paredes. Fotografias que nosso pai tirou, a maioria em preto e branco, de árvores, céus e horizontes. Vários espaços abertos. O London me mostra a máquina fotográfica do pai, e eu a seguro e tento imaginar aquele homem que não conheci carregando aquele objeto por aí e capturando momentos. Tento não pensar em todos os momentos que perdemos.

Antes que o London possa completar o tour, uma mulher aparece. Ela é sorridente e bonita. Olhos grandes e escuros, lábios vermelhos, cabelos ruivos, ondulados, ao redor da testa e das bochechas. Afastando do rosto os cabelos, que batem exatamente na altura dos ombros, ela diz:

— Sou a mãe do London. Amelia. Você deve ser a Bea.

Ela é do sul, o que de alguma forma faz todo o sentido. À primeira vista, é completamente o oposto da nossa mãe. E me abraça como se fosse a coisa mais natural do mundo. Me. Abraça. A filha mais velha do seu falecido marido. Uma estranha fadada a ser um problema em sua vida. Ela me envolve em seus braços, magros mas fortes, e dá o tipo de abraço de mãe que só vi na televisão ou no cinema. Ela tem cheiro de mel e de flores — rosas, talvez —, e eu inspiro aquele aroma.

Ela se afasta cedo demais e me oferece algo para beber, então London e eu seguimos com o tour, que termina no quarto dele. Não é maior que o seu ou o meu. Talvez até um pouco menor. Mas é cheio das coisas favoritas dele. Ele me mostra essas coisas uma a uma: o travesseiro que usava para a fada do dente, com um bolsinho costurado na frente; os bonecos dos Vingadores; a fantasia de Homem-Aranha que ele usou no Halloween quando tinha dez anos; as arminhas de dardo velhas; os livros; a última foto que o pai tirou dele. E assim por diante até eu começar a sentir as paredes se fechando à minha volta.

Preciso sair daquele quartinho feliz. Ele está no meio de uma frase, me mostrando alguma coisa, quando viro e volto para a escada. Nosso irmão vem atrás de mim, o livro na mão, e descemos para a sala, onde Amelia serviu dois copos do que parece ser chá gelado na mesinha de centro de vidro. Bebo o meu em um gole só, embora minha boca repuxe de tanto limão e açúcar. Me sento no sofá comprido e fundo, verde-escuro, e fico observando a vista. Tem um lago ou algo parecido. O London se joga no sofá ao meu lado e diz:

— Esse riachinho. O papai brincava que a gente tinha uma casa de frente para o mar.

Amelia entra e senta, e ficamos ali. Nós três, quatro contando o Bigode, o cão. London diz para a mãe:

— Lembra? Que o papai dizia que a gente morava em frente ao mar?

— Lembro.

Ela vê meu copo vazio, volta a levantar e corre para enchê-lo. Minha boca está doce demais, mas não a impeço porque ela está sendo legal.

Digo ao London.

— Ela é sempre assim?

— Assim como?

— Legal assim?

Ele dá de ombros.

— Normalmente sim.

O London fica olhando para mim. Eu fico olhando para ele. Digo:

— Desculpa por aquele dia.

— Tudo bem. A culpa é minha. Eu enganei você. Não deveria ter fingido que era o papai. Não teria feito isso se soubesse que você abandonaria a escola e o Ezra para vir para cá.

— É, você não deveria ter feito isso.

E eu me vejo: cabelo descolorido e desgrenhado, camiseta e calça jeans limpas mas amarrotadas, a cara fechada. Que decepção de irmã mais velha desaparecida eu devo ser. E acrescento:

— Mas estou feliz por saber sobre o papai.

E não digo só porque acho que devo a ele um tico de bondade. Digo porque é verdade.

Ele sorri, e eu me permito sorrir também. *Viu? Não é tão difícil. Deixe seu rosto relaxar, e o sorriso vem.*

Amelia aparece, coloca um copo cheio de chá na mesinha e senta à minha frente na beirada de uma poltrona, um pouco inclinada para a frente, os braços sobre os joelhos.

Não sei o que dizer, então faço um gesto na direção dos livros empilhados em uma prateleira ali perto. Edições de colecionador de James Joyce, Herman Wouk, Zora Neale Hurston.

— Eu li todos esses — digo. E é verdade.

Amelia ergue as sobrancelhas e segue meu olhar até os livros.

— Eu achava que ninguém em lugar nenhum conseguia terminar Joyce.

Ela ri.

— Eu terminei.

Minha voz soa monótona e sem graça, exatamente como me sinto; uma Bea boneca de papel, sentada no sofá, torcendo para que não passe um vento forte e me leve para longe.

— Bom, não é incrível? — ela diz, toda educada como uma mulher do sul. Acena para London. — Ele já pediu desculpas?

— Já.

— Ótimo. — Ela está sorrindo. Seu tom de voz é amigável, mas materno. — Minha vez. Quero pedir desculpas por ele. — E não sei se ela está falando do London ou do nosso pai. — Meu filho sabe o que fez. — Ah, sim. London, não nosso pai.

E ficamos sentados conversando, como velhos amigos. Amelia Wooster é calorosa e encantadora com sua voz melódica. Estávamos jogando conversa fora, o que eu nunca soube fazer, quando finalmente ela disse:

— Você deve estar cheia de perguntas.

E fica sentada ali esperando minhas perguntas.

Esqueço completamente a lista que tinha feito para o pai, aquela que levei comigo a vida inteira. Em vez delas, pergunto a primeira coisa que surge em minha cabeça.

— É verdade que ele traiu nossa mãe com você?

Ela nem chega a piscar. Era como se soubesse que eu ia perguntar isso.

— Sim. Tecnicamente.

— Posso perguntar… quer dizer… o que aconteceu exatamente? Não detalhes, claro, mas… — minha voz vai sumindo.

— Bom.

Ela olha para o London, e me pergunto se eu deveria ter feito essa pergunta em particular, não na frente do filho dela.

— Desculpa…

— Tudo bem. Então, Bea. Não quero ficar dando desculpas, mas perto do fim, não era um casamento feliz. E quando eu e o seu pai nos conhecemos e… bom. A gente soube de cara.

— Soube o quê?

— Que a gente deveria ficar junto.

Ela dá uma risadinha indefesa, como quem diz "Ah, o destino. Fazer o quê?".

E dá para ver que ela acredita mesmo nisso, mas na minha opinião não é algo que se diga à filha perdida do seu falecido marido, principalmente quando você é responsável pelo fim do casamento dele com a mãe dessa filha perdida, por mais terrível que ela possa ser.

— A responsabilidade é dos dois, é claro. Eu sei disso. Ele sabia disso. Então eu também te devo desculpas, Bea. Sinto muito por minha participação nisso tudo. De verdade. Sinto muito. Mesmo.

Ela é tão sincera que me pega desprevenida. Sinto uma queimação estranha no fundo dos olhos. Primeiro acho que é conjuntivite ou algum tipo de infecção bizarra que surgiu do nada, talvez por causa daquele ar filtrado que custa os olhos da cara. Mas percebo que são lágrimas que estou tentando conter.

— Obrigada — digo. Mas é difícil fazer as palavras saírem porque estou sentindo muitas coisas ao mesmo tempo.

A Amelia é uma pessoa boa de verdade. Ela tem um bom coração. Minha mãe não é uma boa pessoa. Meu pai pode ou não ter sido uma boa pessoa. Mas pela primeira vez na vida sinto vontade de proteger minha mãe. A mesma mãe que nem mesmo telefonou para a polícia para dizer que eu tinha desaparecido. A mesma mãe que uma vez me disse que nunca esperou nada do Ez ou de mim, mas principalmente de mim, porque nós éramos difíceis demais e muito problemáticos. Foram essas palavras mesmo que ela usou. *Difíceis. Problemáticos.*

London está incomodado. Ele é um garoto de quase quinze jovem em muitos aspectos. Um garoto de quase quinze velho em outros. Um velhinho infantil. Ele quer ir brincar, me mostrar o riacho, me mostrar a sala da família no porão e o sótão, mas eu tenho mais perguntas. Quero saber se Amelia chegou a conhecer nossa mãe, se nossos pais tentaram fazer dar certo ou se ele desistiu quando conheceu aquela mulher tão, tão boa que logo seria sua segunda esposa. Ele nos procurou? Ele tentou, tentou de verdade? Que tipo de pai ele era? É verdade que ele não sabia do Ezra?

Minhas perguntas se espalharam pelo sofá verde, pela mesinha de centro de vidro, pelas revistas no tapete de estampa geométrica: *Architectural Digest*, *The New Yorker*, *Garden & Gun*, *Vanity Fair*.

Amelia diz:

— Eu não conheci a Anne. Não. Falei com ela pelo telefone, mas nunca nos encontramos.

— Você falou com ela?

— Uma vez. Ela ligou para a nossa casa depois que nos casamos para dizer que você tinha um novo pai e que ele deveria parar de te procurar.

— Darren. Marido dela. Ele é um babaca. Não um pai.

— Sinto muito. Eles continuam juntos?

— Infelizmente. Mas pelo que sei ele está na cadeia agora. Sabe, se existe justiça neste mundo.

Os olhos dela se arregalam um pouco. Então ela se obriga a voltar ao normal, toda compostura, lábios vermelhos e cabelo brilhoso.

— Sua mãe e seu pai foram casados durante seis anos. Os dois diziam que era um erro, mas que você *não* era parte desse erro. Você foi muito desejada.

— Isso é um belo consolo.

O tom sai sarcástico, e é mesmo.

— Ele chegou bem perto de encontrar você uma vez. Contratou um detetive, que conseguiu encontrar sua mãe. Foi quando ela ligou, antes mesmo que o detetive pudesse registrar a ocorrência. Ela disse que levaria você para longe, bem longe, se ele tentasse te encontrar de novo. E que ia fazer de tudo para que você nunca procurasse por ele. Então. Sim. Ele tentou. Perdeu o sono com isso. Ele já não dormia bem mesmo. Ficava deitado se revirando na cama. Ele dizia que nunca conseguia desligar o cérebro.

Como eu, penso.

— Ele parou de procurar então? Quando ela ligou?

— Sim.

— Por quê?

Ela se remexe, dá para ver que está desconfortável, e algo nisso me dá a sensação de estar no comando ali. Bebo um bom gole do chá doce demais e coloco o copo ao lado do descanso. Ela franze o cenho.

— Por que ele parou de procurar?

A essa altura, peguei o embalo e só consigo avançar, sem recuar, em direção a tudo que preciso saber.

— Acho que ele simplesmente sabia que não era páreo para ela… — ela respondeu, olhando para a mesa, para a marca do copo cada vez maior.

— Mas ele era nosso pai. Ele tinha tanto direito quanto ela.

Ela volta a me olhar nos olhos.

— É que… Eu não sei explicar, mas ele sentia que seria mais fácil para todo mundo…

— Faz sentido. Porque minha vida tem sido bem fácil. Quer dizer, não sei nem como dizer o quanto tem sido fácil.

A Amelia e o London ficam me olhando, e me pergunto por um segundo se estão com medo de mim, essa estranha cheia de raiva que entrou na casa deles e está perdendo o controle. Sinto uma vontade de jogar alguma coisa só para assustá-los. Será que eu ia conseguir levantar a mesinha de centro e jogar por aquelas janelas que vão do chão até o teto?

— Então, basicamente — digo —, deixa eu ver se entendi. Ele desistiu de procurar pelos filhos porque encontrou uma esposa nova. — Ela abre a boca. Fecha. — E o Ezra? — pergunto.

Uma pausa breve. E:

— Ele não sabia sobre o Ezra.

— *Ele não sabia?*

Minha voz soa alta demais naquele espaço belo, impecável. Bate com tudo nas paredes brancas, nas fotos em preto e branco emolduradas e nos móveis simples mas de bom gosto, e vejo a Amelia e o London se encolherem.

— Não. Por um tempo, não.

— Entendi.

Me imagino jogando a cadeira, os livros, as fotos em preto e branco emolduradas, uma a uma, no riacho.

— Que tipo de pai ele era?

Viro para o London agora. Seus olhos grandes estão arregalados e atentos. Ele parece estar morrendo de medo, mudo como se o gato tivesse comido sua língua, como se acabasse de perceber que aquilo tudo era mesmo real. Repito a pergunta.

— Ele era um bom pai... — Amelia começa a responder.

— Não estou perguntando para você. Estou perguntando para ele. Encaro o London sem piscar.

Aqueles olhos grandes passam dela para mim.

— Ele era um bom pai. Era legal. Ele sabia ouvir, era engraçado...

— De um jeito meio seco — a Amelia interrompe, se inclinando para a frente, colocando meu copo sobre o descanso e limpando a mesa com o guardanapo.

— É — o London diz. Os dois dão risada, como se estivessem se lembrando de alguma coisa específica, e naquele momento odeio eles, por cada momento, cada memória compartilhada do nosso pai. — Às vezes eu não entendia, mas a mãe diz que meu humor é diferente.

— Muito diferente — ela diz, mas não de um jeito maldoso.

— *Diferente?* — eu olho para ele.

— Meu nome *é* London.

Ele me olha de volta como se fosse tudo muito óbvio.

— Entendi.

Mas não entendi.

London continua:

— O papai deixava tudo divertido. Matemática. Leitura. Dever de casa. Ele transformava tudo em aventura às vezes. Detestava ficar dentro de casa. Amava ficar lá fora no sol. A gente andava de bicicleta e apostava corrida. Ele sempre me deixava ganhar, mesmo sendo mais rápido. Ele colecionava moedas da sorte, e sempre que a gente saía levava algumas no bolso e deixava pelo caminho para as pessoas encontrarem. Ele levava jeito com animais.

London continua, mas sinceramente eu só escutei até aí, Ez. É como se meus ouvidos tivessem atingido o limite do dia e não aguentassem mais. Tudo o mais que ele contou são só palavras murmuradas de um lugar distante. Vejo os lábios de London se mexendo embaixo do nariz do nosso pai. Sei que ele está falando, mas as palavras saem distorcidas, como se ele estivesse falando por um walkie-talkie lá do Kansas.

E então ele termina, e o London e a Amelia ficam sentados ali olhando para mim como se fosse a minha vez de falar. De repente não consigo pensar em nada para dizer. *Que bom para você. Ele parecia ser um cara incrível. Parecia um ótimo pai. Parecia um ótimo marido. Parecia um ótimo ser humano. Fico muito feliz que você tenha tido essa vida que deveria ter sido minha e do Ez, pelo menos em parte.*

Eles estão esperando, e eu estou sendo grossa ficando calada. Sei que não é educado. Vasculho meu cérebro atrás de palavras que façam sentido, palavras que não pareçam desesperadas e tristes, que não façam com que eles sintam ainda mais pena de mim.

Finalmente, me ouço dizer:

— Com qual Vingador ele mais se parecia?

A Amelia e o London se olham. É uma pergunta idiota, e sinto que estão pensando nisso — devem estar pensando *Jesus, de onde essa garota surgiu?* — e minhas bochechas ficam quentes de tão vermelhas.

Mas então, naquele mesmo instante, eles dizem:

— Bruce Banner.

— Não o Hulk — acrescenta Amelia. — O homem mesmo.

E é uma coisinha tão pequena, mas de repente começo a chorar, não como no carro com o Patch. Lágrimas compridas, escorrendo uma de cada vez, do tipo que queima a pele.

Passei a vida inteira furiosa com nosso pai. Odiei e xinguei ele por ter nos deixado com a mãe e senti tanta raiva que queria matá-lo se um dia o encontrasse de novo. E agora, sentada na sala da casa dele, a casa que ele projetou para sua outra família, sou tomada por uma sensação doentia de culpa, como se eu tivesse mesmo matado alguém. Como se eu estivesse traindo nosso pai esse tempo todo. Vou do vazio e da raiva que carreguei comigo como uma extensão do meu corpo, tão parte de mim quanto minhas pernas ou meus braços, a uma sensação murcha de perda, porque esse homem na verdade me quis. Pelo menos por um tempo.

De repente, Amelia está ao meu lado, me abraçando, me balançando de leve. Essa mulher que foi casada com nosso pai durante anos, que talvez o conhecesse melhor do que ninguém. E nós nunca vamos conhecê-lo, Ez. *Nós nunca vamos conhecê-lo.*

Começo a chorar mais ainda, e o London surge do outro lado, pegando minha mão em seus dedos curtos e atarracados com unhas lisinhas, nem um pouco roídas. Fico olhando para suas unhas pensando que, se eu tivesse crescido aqui com nosso pai, a Amelia, o London e você, nunca teria roído as unhas. Eu não teria motivo para isso.

Então afasto os dois e levanto, ranhenta, o rosto encharcado, fraca de tanto chorar. Eles querem que eu fique. Amelia vai preparar um assado para o jantar, e o London quer que eu conheça seus amigos. Se ele ligar, eles podem vir em cinco minutos, porque o Wormy e a Meg, ou seja lá qual for o nome deles, moram pertinho.

— Não — eu digo.

Porque de repente preciso sair de lá. Eu poderia ficar, mas para quê? Não é minha casa e não é minha família, por mais simpáticos e *estamos-tão-felizes-por-você-estar-aqui-Bea* que eles sejam. É encantador demais. Perfeito demais. E não é real. Pelo menos não é real para mim. Parece que meu coração vai se estilhaçar em um milhão de pedacinhos. Quando estamos acostumados com pessoas tóxicas, é difícil aceitar sermos tratados bem. Temos o impulso de botar tudo a perder e depois sair correndo.

Nem pergunto se posso ligar para o meu amigo vir me buscar. Invento uma desculpa sobre ter que encontrar alguém e agradeço por tudo. Então tento levar o copo até a cozinha, mas a Amelia pega da minha mão.

O London vai atrás de mim até a porta.

— Quando você vai voltar? Meu aniversário é semana que vem e vou dar uma festa. Você pode conhecer todo mundo, e eles podem conhecer você.

Amelia pigarreia. Ela sabe que não vou voltar, porque esse é o nível de perspicácia e atenção que a segunda esposa do nosso pai tem. É uma pessoa gentil, sensível, boa, muito boa, que compreende os outros.

— Estamos felizes por esse tempo que passamos com você, Bea. Você é sempre bem-vinda aqui, né, Lo? Mas sabemos que tem outros compromissos.

Mas não tenho. Não tenho outros compromissos. Ninguém está contando comigo. Ninguém está esperando por mim. Ninguém está procurando por mim. O único homem que se deu ao trabalho de procurar por mim está morto.

Saio correndo pela porta, e Patch está lá na caminhonete, como se nem tivesse ido embora. Ver ele ali me faz começar a chorar de novo. *Por que todo mundo está sendo tão legal comigo?*

Estou no meio do gramado quando ouço meu nome. É Amelia, correndo atrás de mim com uma caixa de sapatos. Ela diz:

— Eu queria que você ficasse com isso.

E me entrega a caixa. Nike. Masculino. Tamanho 44. *Do pai.*

— O que é? — pergunto.

— Cartas. Todas as cartas que seu pai escreveu para sua mãe. Acho que você deveria ficar com elas. Ele ia querer que você ficasse com elas.

— Obrigada.

E, apesar de não querer, eu a abraço, mas não parece uma coisa forçada, e sim a única que eu poderia fazer. Então subo na caminhonete do Patch, com a caixa no colo, e saímos. Não olho para trás.

Quero escrever mais, só que isso é tudo que tenho em mim, Ez.

Estou muito abalada, triste, e sinto que preciso me encolher em um canto e cobrir a cabeça com a camiseta.

Queria que você estivesse aqui. Queria que eu estivesse aí. Quero ir para casa, mas não para nossa casa.

Quando olho para London Wooster e sua vida, não me admiro que ele tenha se tornado um garoto gentil (apesar de estranho). Ele tem a liberdade de ser esquisito e engraçado, de usar um colete acolchoado vermelho na primavera porque nunca teve que se preocupar se alguém não ia gostar. Ele tem aquela autoconfiança de quem sabe que é amado. A gente nunca teve isso a não ser um com o outro. Espero que você sempre tenha se sentindo assim comigo. Eu sempre me senti assim com você.

Um beijo da sua irmã,
Bea

Assunto: Aliados
De: Ezra <e89898989@ymail.com>
Para: Bea <b98989898@ymail.com>
Data: ter., 23 de abr. 00:35

O Terrence está dormindo, não preciso ter pressa. Minha cabeça está rodando, mas talvez se eu escrever algumas palavras ela pare um pouco.

Primeiro de tudo, parece que você viajou para o Universo Alternativo do Papai. Só consigo encarar a situação dessa forma, como algo que corre paralelo à minha vida e nunca vai cruzar com ela. Sei que deveria sentir alguma coisa lendo tudo isso. Mas não sinto. Minha vida não está aí. Minha vida está aqui. Tenho certeza de que seria diferente se ele estivesse vivo e a gente tivesse a chance de um novo começo. Mas não é isso que estamos vendo, né?

Mas quem eu estou enganando? Uma coisa tão afiada assim acaba cortando, né? Nos fazer sumir do mapa para nosso pai não nos encontrar? Quem é a nossa mãe, Bea?

Estou começando a achar que só tem um jeito de descobrir. Indo direto à fonte.

E, ao mesmo tempo, estou percebendo o quanto aprendemos sobre nossa família quando comparamos com outra, como eles sempre foram omissos. Como aquela vez quando eu era criança e alguém me contou sobre o livro que estava lendo com a mãe ou o pai antes de dormir, e pensei: *Ah, isso é uma coisa que os pais fazem?*. Ou quando a gente ia a uma festa de aniversário e os pais não agiam como se estivessem ali só por obrigação. E agora que estou na casa do Terrence vejo que eles o incluem nas conversas de várias maneiras, de um jeito que nós nunca fomos incluídos. Acho que a mãe e o Darren nunca deram muita bola para o que a gente dizia, desde que tudo que disséssemos estivesse dentro das regras que eles tinham estabelecido. Quanto mais quietos fôssemos, mais eles gostavam de nós. Não, que exagero. Eles gostaram de nós de verdade algum dia? Então, vou dizer assim: quanto mais quietos a gente fosse, mais eles pareciam não se incomodar com nossa presença.

Tudo isso é meu jeito, eu acho, de dizer que você ter ido ver o Universo Alternativo do Papai é o jogo mais extremo de comparação/contraste que já existiu.

Talvez o erro tenha sido achar que éramos uma família na nossa casa. E se na verdade fôssemos duas famílias? A mãe e o Darren uma, e você e eu outra. Ou a mãe e o Darren uma, e fora dela, ou talvez se sobrepondo um pouco, nós quatro. Por acaso, a família mãe-e-Darren era sempre mais importante. A gente só era jovem demais para perceber. Ou tínhamos medo demais. Não sei.

Também preciso dizer o seguinte (depois vou dormir).

Acho que estou feliz por nosso pai ter tentado escrever.

Mas, ao mesmo tempo, acho que sempre vou achar que ele podia ter tentado um pouco mais.

Assunto: Universo Alternativo da Bea
De: Bea <b98989898@ymail.com>
Para: Ezra <e89898989@ymail.com>
Data: ter., 23 de abr. 09:02

Estou no quarto do Patch. Ele e o colega de quarto estão na aula, e estou aqui, sentada no chão, encostada na cama, com tudo que havia dentro daquela caixa de sapato espalhado à minha frente. Estou fingindo que é o meu quarto, com os pôsteres de uísque vintage colados na parede e o cheiro de garoto por toda parte. Imagino minha vida como estudante universitária. Ficando de bobeira no dormitório entre as aulas, indo a festas, lendo todos os livros da biblioteca, levando os livros da biblioteca para o meu quarto porque eu teria minha própria carteirinha, que me daria direito a livros e refeições no refeitório. Entrando em debates apaixonados e transformadores em sala de aula, e os outros alunos, que seriam meus colegas, dizendo "Ah, é a Bea, de novo". E talvez até dizendo "A Bea Ahern é foda", cheios de admiração. Imagino fazer monitoria para os professores; talvez alguma coisa a ver com publicações ou escrita. Sem dúvida alguma coisa a ver com leitura. Me imagino me aventurando pelo mundo com um diploma universitário, capaz de ir aonde eu quiser e fazer o que eu quiser.

Alguém bate na porta e grita.

— Você tá aí, cara?

Estou tão concentrada na minha vida universitária fictícia que tomo um susto. Grito de volta:

— Não! — na voz mais grave e alta que consigo.

A pessoa fica ali um tempo — vejo a sombra dos pés embaixo da porta —, mas acaba indo embora.

Tem dezesseis cartas do pai.

Dezesseis.

Eu esperava mais. A gente acha que deveria ter mais? Não consigo chegar a nenhuma conclusão. Quantas cartas são o bastante nessa situação? Durante um período de, o que, quatorze ou quinze anos?

A primeira carta é do ano em que você nasceu, cinco meses depois de a mãe ter ido embora. Você ainda não chegou. Ainda faltava um mês. O pai pede à nossa mãe que volte para casa. Ele diz:

Podemos resolver isso. Nossa filha, não nós. Não vamos acabar com a vida dela como nossos pais fizeram com a gente. Por favor, volte para a gente conversar sobre isso, ou podemos nos encontrar em algum lugar.

A carta voltou marcada como "não pôde ser entregue". Nenhuma das outras foi enviada.

Aqui tem mais uma:

Foi você quem disse que a gente não deveria ter casado. Durante muito tempo, não quis acreditar em você, mas adivinha? Você tinha razão. Você tinha razão, Anne. É isso que você precisa ouvir? Me desculpe por não ter acreditado em você e por ter mantido a esperança de que nosso casamento podia ser uma união feliz e verdadeira. Quando reconheci isso, conheci a Amelia, e você sabe o que aconteceu depois. Se você se sente melhor dizendo que sou um merda e espalhando para todo mundo que enganei você, vá em frente.

A questão é que não estou interessado em tentar de novo. Só quero que você traga minha filha de volta. Peço desculpas pelo que eu disse. Ela nunca ia atrapalhar. Não nós, não eu, não a nossa vida. Eu nunca achei isso, nem mesmo quando disse isso.

Ela nunca ia atrapalhar.

O que quer dizer que, em algum momento, ele deve ter dito que eu estava atrapalhando.

Se algum dia nos perguntamos se nossos pais tiveram a maior história de amor do mundo, Ez, isso confirma que não. Está mais para a maior história de terror. Mas você não esperava que eles tivessem se amado pelo menos por um tempinho?

Assunto: Universo Alternativo da Bea (2)
De: Bea <b98989898@ymail.com>
Para: Ezra <e89898989@ymail.com>
Data: ter., 23 de abr. 09:48

Cinco meses.

Estou aqui sentada pensando nisso.

Por que ele esperou cinco meses?

Talvez ele tivesse esperança de que ela voltasse. Ou talvez estivesse tentando descobrir para onde reenviar aquela primeira carta. Mas tem uma pulga terrível atrás da minha orelha que fica perguntando "Por que ele esperou?".

Se fosse minha filha, eu ia estar procurando ela.

Assunto: Universo Alternativo da Bea (3)
De: Bea <b98989898@ymail.com>
Para: Ezra <e89898989@ymail.com>
Data: ter., 23 de abr. 10:16

Mais do nosso pai:

Anne. Por favor, entre em contato comigo. O que você está fazendo é sequestro, só que não estou vendo você pedir resgate. Não tenho nenhuma notícia sua. Ela é minha filha também. Por mais que eu tenha estragado tudo, não importa o que eu tenha dito, não faça a Madelyn pagar pelo meu erro.

Madelyn.
Hã.
Essa carta, como todas as outras, menos uma, nunca foi enviada. Esta, como muitas das outras, falou de uma Madelyn.
Como em *Traga a Madelyn de volta.*
Me deixe ver a Madelyn.
A Madelyn é minha filha também.
A Madelyn só tem três anos.
Eu não estava falando sério quando disse que a Madelyn estava atrapalhando.
Você e a Madelyn nunca seriam um fardo. Eu nunca deveria ter dito que você estava me aprisionando.
Posso não ter sido um ótimo marido, mas posso ser um ótimo pai para a Madelyn.
Madelyn.
Madelyn.
Madelyn.
Puta merda.

Assunto: Universo Alternativo da Madelyn
De: Bea <b98989898@ymail.com>
Para: Ezra <e89898989@ymail.com>
Data: ter., 23 de abr. 10:42

Madelyn Sierra Wooster nasceu no dia 22 de agosto às 18:33 no Hospital São Luís, em St. Louis, Missouri. Ela pesava três quilos e 85 gramas.

Foi batizada em homenagem a uma tia-avó paterna e às California Sierras, onde Jonathan Calvin Wooster e Anne Vanessa Mathis passaram a lua de mel.

Madelyn deu os primeiros passos aos dez meses.

Sua primeira palavra foi "Colo", com um ano, seguida de "Sim" e, aos quatorze meses, falou uma frase inteira: "Vou fazer sozinha".

Ela tinha as orelhas, o nariz e o cabelo loiro-escuro do pai. Tinha os olhos, as maçãs do rosto e as mãos grandes da mãe.

A mãe a chamava de Maddy, mas o pai a chamava de Abelhinha, porque ela zumbia pela casa quando começou a andar, e depois correr, e depois correr e cantarolar ao mesmo tempo.

Assunto: Universo Alternativo da Madelyn (2)
De: Bea <b98989898@ymail.com>
Para: Ezra <e89898989@ymail.com>
Data: ter., 23 de abr. 11:03

VOCÊ ME VIU?
Madelyn Sierra Wooster

Desapareceu no dia: 15 de setembro

Desapareceu em: St. Louis, MO

Desapareceu aos: 3 anos

Gênero: Feminino

Cor: Branca

Altura: 96 cm

Peso: 16 kg

Olhos: Castanhos

Cabelo: Loiro/Castanho

Outros: Ela tem as orelhas furadas. Às vezes responde ao ser chamada de "Abelhinha".

Situação:
Madelyn desapareceu em St. Louis, Missouri, no dia 15 de setembro, na companhia da mãe (descrição disponível). Não foi vista nem se teve notícias dela desde o dia do desaparecimento.

Assunto: Universo Alternativo da Madelyn (3)
De: Bea <b98989898@ymail.com>
Para: Ezra <e89898989@ymail.com>
Data: ter., 23 de abr. 11:10

Não leio todas. Ainda não. É sempre a mesma coisa. E tenho a sensação de que estou afundando, o que me faz guardar tudo de volta na caixa e colocar embaixo da cama do Patch. Não me entenda mal. O pai foi atencioso ao criar um pôster de desaparecida para a filha. Mas ele fez alguma coisa com o pôster? Colou em postes, vitrines, colocou na internet?

Eu não sei.

Mas não consigo deixar de pensar que ele podia ter feito mais. Por que não registrou um boletim de ocorrência pelo menos? Por que não escreveu mais que dezesseis cartas? Pelo que dá para perceber, ele me amava e me queria de volta, por pior que tenha sido dizer para a mãe que eu ia atrapalhar. Mas será que me queria mesmo de volta? Tá, será que ele queria mesmo a *Madelyn* de volta? Ou será que só queria castigar a mãe por ter me levado embora?

Minha cabeça está rodando sem parar. Quero ficar bêbada e afogar cada pensamento, mas depois eu ficaria sóbria, e os pensamentos voltariam, e não posso ficar bêbada pelo resto da vida. Posso?

Posso?

Já comi a pele em volta do que restou das minhas unhas, e meus dedos estão rachados e ensanguentados. Talvez eu coma até os cotovelos, ou os ombros, ou a cabeça e desapareça. Quem me dera se eu conseguisse desaparecer.

Mas eu desapareci, não? Foi exatamente o que fiz. Bea Ahern, desaparecida. Madelyn Wooster, também desaparecida. Então não resta mais nada de nenhuma das minhas versões.

Assunto: Universo Alternativo da Madelyn (4)
De: Bea <b98989898@ymail.com>
Para: Ezra <e89898989@ymail.com>
Data: ter., 23 de abr. 11:18

Desculpa escrever tudo isso, Ez. Pelo menos ele sabia que eu existia. Não estou tentando fazer você se sentir ainda mais na merda. Mas estou desmoronando, e o mundo está de cabeça para baixo, e preciso de alguém que esteja ao meu lado. Não o Patch, por mais gentil que ele seja, mas alguém que me conhece. Não só alguém: você.

Falando no Patch. Ele vai voltar a qualquer momento.

Transei com ele. Eu não ia te contar, mas estou tentando ser sincera nesta minha nova vida, e não tenho mais ninguém para contar isso. Não é bem o tipo de coisa que eu gostaria de contar para o Franco.

Vou te poupar dos detalhes, mas aconteceu no quarto dele ontem à noite depois que escrevi para você. Não foi minha primeira vez — essa honra foi do Joe —, mas foi minha primeira vez com alguém que é mais homem que garoto, que sabe quem é e não depende de mim para ser feliz (sei o quanto isso soa escroto e baixo, mas nós dois sabemos que o Joe é dependente).

Não se preocupe com o Patch. Ele é um cara legal. Na verdade, os amigos dele deveriam mandar ele tomar cuidado comigo.

Um beijo,
Sua irmã

p.s. Não sei por que eu disse isso. Por força do hábito, talvez. Eu gosto mesmo desse cara. Ele é mesmo meu melhor amigo neste momento. Você também ia gostar dele. Talvez um dia vocês se conheçam.

p.p.s. E se eu me apaixonar por ele?

p.p.p.s. Não posso mais ficar neste quarto. Principalmente agora que estamos transando. Mas não sei para onde ir.

Assunto: Aliados inesperados
De: Ezra <e89898989@ymail.com>
Para: Bea <b98989898@ymail.com>
Data: ter., 23 de abr. 13:10

Estou muito feliz por você ter encontrado o Patch. De verdade. Espero que a gente possa se conhecer logo.

Mas, sinceramente, não sei se quero ouvir mais das cartas do pai. Não só porque eu não existo para ele (embora isso também não seja uma maravilha, como você pode imaginar). Acho que o que estou sentindo é que o passado não pode nos ajudar agora, Bea. Nada no passado pode nos ajudar. Se ele pendurou pôsteres de DESAPARECIDA em tudo quanto é canto, ou só fez um por desencargo de consciência. Se a mãe tinha um motivo concreto para se afastar dele ou se ela tomou a decisão errada e insistiu nela. Se o seu nome era Madelyn, ou Martha, ou Beatrix, ou Anastasia, você continua sendo a pessoa que se tornou, e eu continuo sendo a pessoa que me tornei, e não existe máquina do tempo que possa mudar isso. Sei que há pontas soltas (tipo: temos um irmão?), mas não posso me prender a elas agora. E, na minha opinião, você também não deve fazer isso. Sei que soa muito duro, mas acho que não importa se nosso pai amou você ou não. Se não tinha como você conhecer esse amor, sentir esse amor, ou esse amor te proteger, ou te sustentar, ou te dar um motivo para enfrentar mais um dia... bem, de que ele serve? Não entendo nada sobre ficar bêbado, mas vou me arriscar aqui e dizer: não vale a pena ficar bêbada por isso. Ainda mais pelo resto da sua vida. Ele não merece. Vou dizer mais uma vez: o passado não pode nos ajudar agora. Ficar pensando no que poderia ter sido não vai nos ajudar a seguir em frente; só vai nos arrastar para trás.

Não me abandone pelo Universo Alternativo, Bea. Preciso de você neste universo aqui.

Enquanto isso, estou aqui na escola com várias pessoas que você já conhece.

O Terrence tem sido maravilhoso (é claro), e, embora os pais dele tenham muitas conversas sussurradas sobre o que fazer com o fugitivo que estão abrigando, o Darren só me ajudou a ter mais credibilidade quando me atacou no gramado deles. Acho que não vou ser expulso tão cedo. Mas sei que não é uma solução permanente. O Terrence fala como quem acha que é, mas eu sei que não é. Acho que ele não está preparado para me conhecer do jeito que vai acabar conhecendo se vivermos juntos 24 horas por dia durante anos. Chega uma hora que a gente relaxa e não se comporta da melhor maneira possível o tempo todo. Mas sempre vou achar que preciso me comportar da melhor maneira possível na casa dele.

E falando em pessoas com quem morei... O Joe me surpreendeu hoje de manhã no meu armário. Ele veio todo abatido e perguntou:

— Você está me evitando?

Eu quase respondi que sim e deixei que isso dissesse tudo, caso encerrado.

Mas é o seguinte, Bea. Ele parecia triste de verdade. E acho que isso me lembrou que ele também perdeu alguma coisa. Pode ter sido uma ilusão, mas perder ilusões pode doer tanto quanto perder uma pessoa, eu acho.

Como eu não disse nada, ele acrescentou:

— Olha, fiz merda. Eu sei. Sua irmã me deixa maluco, e eu não deveria ter descontado em você.

— Tudo bem — eu disse. E, sinceramente, estava tudo bem mesmo.

— Ainda tem coisas suas na minha casa. Você quer que eu leve para a casa do Terrence? É onde você está agora, né?

— Bom, com certeza não voltei para a casa da mãe e do Darren.

— Graças a Deus.

O jeito como ele disse isso, Bea, mostrava como ele estava preocupado de verdade pensando que eu poderia ter voltado para lá. Ou que tivessem me mandado de volta para aquela casa.

— Nunca vou voltar para lá — eu disse a ele. — Para pegar o resto das minhas coisas, sim. Para dizer o que eu penso, talvez. Mas para morar? Nunca, nunca, nunca.

Ele me deu um tapinha no ombro.

— Que bom. — Então, me olhou nos olhos e disse: — Você não tem ideia do quanto eu queria que ela saísse de lá, Ezra. Eu teria feito qualquer coisa para tirar ela de lá. Nisso eu entendo ela ter ido embora. Eu só não sei se um dia vou entender por que ela não pediu minha ajuda.

A linguagem corporal dele era toda de *conversa séria*, então decidi falar sério também.

— Porque você não ia ter deixado ela ir, Joe — eu disse.

— Eu teria tentado convencer a Bea a ficar. Com certeza. Mas se ela dissesse não, se ela dissesse que precisava sair de lá, eu teria ajudado.

— Tá — eu disse. O que mais poderia dizer?

— Então, o que eu quero dizer é… quero ajudar você também. Se você precisar de mim, estou aqui. Posso ser seu motorista, seu apoio, seu amigo. Eu te devo isso.

— Você não me deve nada.

— Não… não me expressei bem. Estou dizendo que, depois do acidente, boa parte da minha recuperação dependia só de mim, mas outra parte dependia da ajuda das pessoas. Então, na hora que você precisar de uma rede de apoio, quero fazer parte dela. É isso.

— Tá bom — respondi.

E, assim que ele saiu, assim que tive um instante para pensar, comecei a perceber como eu ia cobrar isso dele.

Algumas horas depois, quando eu estava indo para o almoço, a Jessica Wei veio falar comigo.

— Como você está?

— Estou indo — respondi.

Ela olhou para mim com atenção, tentou decifrar meu tom de voz.

— Ainda precisamos tomar um café — ela lembrou.

Não era uma pergunta e não precisava ser.

Eu disse claro.

Sei que você deve estar achando que eu deveria ter aproveitado aquela deixa, deveria ter dito a ela que eu precisava que a gente matasse o almoço e fosse para algum lugar conversar. Tenho a sensação de que a Jessica teria topado. Mas não estou pronto. Esta é a verdade: eu não estou pronto. Sei o que vai acontecer: ela vai me contar sua história, e eu vou contar a minha. E talvez juntas essas duas histórias nos façam entender cada uma delas melhor. Ou talvez não, mas pelo menos vou ter alguém a quem contar tudo. Eu sei disso. Mas neste momento tem partes da minha história que sinto que preciso entender antes de mostrar para outra pessoa.

É nisso que estou pensando agora.

Na minha cabeça, o amanhã parece estar a meses de distância.

Tem muitas coisas que preciso fazer primeiro.

Assunto: RE: Aliados inesperados
De: Bea <b98989898@ymail.com>
Para: Ezra <e89898989@ymail.com>
Data: ter., 23 de abr. 15:27

Querido Ez,

Preciso te falar da última carta. É de sete anos atrás. Nela, o pai abre mão de todos os direitos dele sobre nós. Ele promete não ir atrás da mãe, ou brigar pela custódia, ou envolver a polícia para nos ter de volta. Ele simplesmente diz, tá bom, Anne, pode ficar com eles. Não vou mais brigar.

É isso que ele diz, Ez.

Pode ficar com eles.

Ele desistiu do direito de ser nosso pai.

E nem se deu ao trabalho de enviar a carta.

Ele sabia que você existia. Ele sabia onde a gente estava. Ele sabia nosso nome.

Ele nem se deu ao trabalho de desistir de nós oficialmente.

Eu estava na biblioteca do campus quando li. O Patch estava no treino, e o colega dele estava no quarto, eu precisava de um lugar aonde pudesse ir, e foi fácil convencer outro aluno a liberar minha entrada com a carteirinha dele. As pessoas no balcão levantaram a cabeça e sorriram para mim, e eu sorri de volta, tipo, ah, oi, tipo *é, eu também estudo aqui.* Então encontrei uma mesa entre as estantes, coloquei a caixa de sapato na minha frente e comecei a ler de onde tinha parado.

Era mais do mesmo: *Anne, fale comigo. Eles são meus filhos também.* Mas as cartas ficaram mais raras e espaçadas. Então, finalmente veio essa. Parecia uma resposta. Parecia que eles tinham conversado, ou ela tinha escrito para ele, ou o advogado dela, e ele não aguentou mais. Ficar brigando por nós. Estava esgotado.

Pode ficar com eles.

Deitei a cabeça na mesa e simplesmente chorei. Chorei pela Madelyn, e pelo pai, e por você, e por mim, e um pouquinho até pela mãe. Chorei pelo Patch, que não quer jogar basquete, e chorei pelo Joe, que quase morreu, e pela Sloane, que não teria ficado com Reggie Tan se eu não tivesse saído da festa, e pela Jessica Wei e por todas as pessoas do mundo que estão lutando e sofrendo em silêncio. Chorei pelo London, que sente falta do pai — porque, vamos encarar a verdade, Jonathan Wooster foi o pai dele, não o nosso —, e chorei por nós de novo.

O que percebi quando finalmente levantei a cabeça: durante todos esses anos eu venho carregando uma pontinha de esperança, enterrada em algum lugar lá no fundo, de que talvez não estivéssemos levando a vida que deveríamos, de que talvez outra vida, uma vida melhor, esperasse por nós em algum lugar. Quer dizer, quem não tem esse desejo pelo menos uma vez na vida? Em todos os piores, piores momentos com o Darren e a mãe, aquela pontinha de esperança era meu refúgio onde eu me encolhia e dizia a mim mesma: "Está tudo bem. Aqui não é o seu lugar. Tem algo melhor para você em algum lugar. Aqui não é o seu lugar".

E você descobre que aquele era mesmo seu lugar esse tempo todo, e que você não tem para onde ir agora porque esta é a sua vida. Sua vida de merda, fodida, sem saída.

Pode ficar com eles.

Pode ficar com eles.

Pode ficar com eles.

Assunto: Você me viu?
De: Bea <b98989898@ymail.com>
Para: Ezra <e89898989@ymail.com>
Data: qua., 24 de abr. 10:52

Estas são as conclusões que tirei: o pai até que era um cara legal. Ele pode não ter tentado o bastante, mas durante um tempo tentou fazer a coisa certa, pelo menos. Provavelmente teria sido muito mais fácil viver com ele do que com a mãe e o Darren. Mas nunca vamos saber.

Talvez em algum momento ele tenha sido obrigado a dizer "Tenho outra família, uma esposa e um filho, então vou me concentrar neles". Acho que chegou uma hora em que ele simplesmente teve que desistir.

Digo ao Patch que preciso de um ar, e ele me deixa no Walmart, porque é claro que não tenho carro e não tenho dinheiro para pegar um Uber ou um Lyft e nem um ônibus. Não se eu quiser comprar absorventes e pasta de dente.

Então estou no Walmart, andando sem parar. Passo por cada corredor, até o de armas, até o de pneus, e tento respirar. De repente percebo que minha respiração parece amplificada, como se eu estivesse respirando em um microfone, inspira, expira, inspira, expira. É tão *alto*. E as pessoas estão olhando, mas só consigo me concentrar em não desmaiar. É como se de repente tudo que andei carregando na cabeça e no peito se expandisse como um acordeão e não tivesse espaço para tudo isso dentro de mim.

E do nada as luzes parecem brilhantes demais e as pessoas barulhentas demais e o espaço abarrotado demais. Aperto os olhos, coloco as mãos nos ouvidos, tentando abafar o barulho, e vou para a saída.

As portas automáticas abrem, há pessoas atrás de mim, e fico paralisada. Porque colado na vitrine, ao lado da porta, tem um pôster. Não é muito grande, do tamanho de uma placa "Vende-se", mas tem vários rostos. Rostos jovens, de crianças. Algumas com só quatro ou cinco anos. Outras da minha idade. *Você me viu?*, é o que diz no topo. E embaixo de cada foto o nome da criança e a data em que desapareceu, e onde foram vistas pela última vez e o que estavam vestindo.

Analiso cada rosto.

Kayla foi supostamente sequestrada pela mãe no dia 5 de julho de 2017.

Elijah desapareceu em Woodland, na Califórnia, no dia 4 de novembro de 2018, em circunstâncias suspeitas.

É claro que não sou uma delas. Não tem nenhuma foto de Beatrix Ahern, dezoito anos, vista pela última vez com um moletom vermelho e jeans desbotados, desaparecida desde março deste ano; ou Madelyn Wooster, três anos, desaparecida há quinze anos.

King desapareceu em Gary, em Indiana, no dia 25 de julho de 2017.

Relisha desapareceu em Washington, DC, no dia 19 de março de 2016.

Fico paralisada, praticamente gravando esses nomes e rostos na memória, então lembro das pessoas atrás de mim, tentando passar, e elas esbarram em mim, e me empurram enquanto vou para o lado, e acho que alguém me xingou baixinho. Mas tudo bem, porque pelo menos estão me vendo.

— Você me viu?

Pergunto a uma mulher tentando dar conta de três filhos e sacolas ao desviar de mim.

Ela só me olha e continua tentando administrar aquilo tudo.

Não, penso. Como poderia ter visto se eu nem estou aqui? Sou Bea, sou Madelyn, estou desaparecida, sou uma fugitiva, fui sequestrada pela minha própria mãe. Larguei a escola. Sou uma ninguém. Ninguém sente a minha falta além de você, Ezra. Ninguém está procurando por mim porque o pai morreu, e também, ah é, ele simplesmente desistiu. *Pode ficar com eles.*

Tudo isso, os rostos na porta, cada pensamento que passa pela minha cabeça, me faz pensar no que significa ser visto. Eu acho que o Terrence vê você com clareza, de um jeito que o Joe nunca foi capaz de me ver. Acho que a única pessoa que já me viu com clareza foi você. Talvez isso devesse bastar — ter uma pessoa que te vê. Talvez algumas pessoas não tenham nem isso. E elas provavelmente não se veem. Eu sou Madelyn Wooster? Ou Bea Ahern? Ou as duas? Acho que não sei quem Beatrix Ellen Ahern Madelyn Sierra Wooster é. Talvez nunca saiba.

Saio do Walmart e ando. Passo reto pelo Patch, esperando no carro, e sigo pela rua que leva não sei para onde. Ouço a buzina atrás de mim e nem dou bola. Digo a mim mesma "Por que eu deveria esperar por ele? Ele também vai me abandonar. Eles sempre me abandonam, não abandonam?". Acho que posso dizer que abandonei você e depois o Franco, e de certa forma abandonei o London. Então talvez, se o Patch não me abandonar, eu o abandone porque está no meu sangue fazer isso.

Estou andando e então começo a correr, e não estou indo para lugar nenhum, Ez, mas digo a mim mesma que estou correndo *para* alguma coisa. Talvez eu esteja correndo para a Beatrix Ellen Ahern Madelyn Sierra Wooster. Ou talvez eu esteja simplesmente correndo para lugar nenhum, depois de todo esse tempo. Talvez lá seja o meu lugar.

Dormi no sofá-cama do Franco, encasulada nos travesseiros, tentando ao máximo desaparecer. Eu ainda tinha a chave que ele me deu, e não pensei duas vezes antes de usá-la. De alguma forma eu sentia que ele não ia se incomodar, que ele preferia que eu dormisse lá do que na rua.

Acordei com ele em pé ao meu lado, os pelos da orelha tremendo, os olhos castanhos piscando.

Ele disparou um jato de palavras em italiano, tão alto que tive que cobrir os ouvidos.

Levantei, arrumei a cama enquanto ele gritava comigo. Coloquei os travesseiros de volta no lugar. Calcei os sapatos. Tão calma. Eu estava tão calma. Sei o que fazer quando as pessoas gritam. Abraços, não. Gentileza, não. Gritos, sim, isso eu entendo.

Em algum momento ele começou a falar em inglês, e se acalmou um pouco, mas a essa altura eu já tinha atravessado metade da loja em direção à porta.

— Beatrix — ele disse. Foi o suficiente para impedir que eu fosse embora.

— O quê?

— Pare de fugir.

Eu não disse nada porque não ia chorar, embora quisesse porque ele ia odiar.

— Pare de fugir. Chega de fugir. — A voz dele estava tranquila. Como se de repente estivesse guiando uma meditação ou uma aula de ioga. — Chega de fugir. Ficamos preocupados, a Irene e eu. Não sabemos aonde você vai ou se está bem.

— Desculpa.

E eu fiquei ali, realmente indignada com ele, indignada com os dois por se importarem comigo.

— Chega de fugir. Se você não quer mais ficar com a gente, precisamos saber que você está em um lugar seguro. Você é jovem, mas já viveu uma vida inteira. Mais do que deveria ter vivido. Mas também tem tanta vida pela frente. Se estiver segura. — Ele esfregou as sobrancelhas, o que restava de cabelo em sua cabeça. — Faz muito tempo que não nos preocupamos mais com nossas filhas. Elas cresceram, foram embora. Elas estão bem. Mas agora nos preocupamos com você.

Agora nos preocupamos com você.

Senti um nó do tamanho de uma rocha na garganta. Tudo o que eu podia fazer era dizer:

— Desculpa.

— Chega de fugir. Você não vai chegar a lugar nenhum fugindo assim.

Por um segundo apenas, ele colocou a mão em meu ombro, leve como uma pena. E com a mesma mão ele me deu um tapinha tão firme nas costas que eu quase caí para a frente.

Da loja, telefonei para o Patch e ele veio me buscar. Sem que eu dissesse aonde queria ir, ele foi em direção ao campus. Ligou o rádio (Tupac) alto e ficamos em silêncio durante o caminho inteiro.

Só quando ele parou a caminhonete e desligou o motor, eu disse:

— Eu não vou entrar com você enquanto não conversar comigo.

Com *entrar* eu quis dizer no dormitório.

— Tudo bem — ele disse. — Vamos conversar sobre você ter simplesmente ido embora ontem.

— Desculpa.

Mas não pareceu sincero, porque não era.

— Só isso?

— Só isso.

E eu não sei, Ez, eu só estava cansada. E foi por isso que eu disse:

— Eu não devo nada a você.

E meu coração acelerou porque, na verdade, devo, sim. Quer dizer, ele me ajudou quando ninguém mais ajudaria, tirando o Franco e a Irene.

— Legal.

— O quê?

Ele se encostou na porta, olhando para mim e balançando a cabeça.

— Você parece ser uma durona que não sente nada.

— Talvez eu seja. Talvez eu não sinta.

Ele continuou balançando a cabeça.

— É, mas nós dois sabemos que isso não é verdade. Uma hora você vai ter que aceitar isso, Martha. Você tem um coração. E ele está partido. E você prefere magoar outra pessoa do que permitir que ela te magoe, mas acaba magoando só a si mesma.

— Você aprendeu isso em Psicologia 1?

— Não. É óbvio pra caralho. E eu não sou burro.

Foi a primeira vez que eu ouvi ele falar palavrão, e isso me abala um pouco. Como se fosse a prova de que sou má influência e levei ele ao limite.

Ele sai do carro com tudo, e eu fico sentada ali um instante tentando decidir o que fazer. Quando ouço uma batida na janela, pulo de susto. O Patch está acenando como quem diz *vamos*. Então eu desço e espero que ele saia pisando firme em direção ao dormitório, sem falar, mas em vez disso ele pega minha mão, entrelaçando os dedos nos meus, e é assim que atravessamos o campus. Fico olhando para minha mão na dele, esperando que a dele desapareça, deixando a minha agarrada a nada além do ar. Mas isso não acontece.

— E a Everly? — pergunto. Porque parte de mim precisa que ele me diga *de novo* que não tem nenhuma Everly. Que só tem a Martha e o Patch.

— Foda-se a Everly — ele responde. Caminhamos até o dormitório juntos.

E ele tem razão, Ez — não sobre a Everly, mas sobre o fato de que eu acabo magoando a mim mesma. E sei que ele tem razão. E ele sabe que eu sei que ele tem razão.

E é por isso que tem muitas coisas que preciso fazer também.

Assunto: Seu coração
De: Ezra <e89898989@ymail.com>
Para: Bea <b98989898@ymail.com>
Data: qua., 24 de abr. 12:15

O cara tem razão. Você tem um coração. E ele está partido.

Parte da mágoa vem daquela pontinha de esperança — tantas pontinhas de esperança — saltitando aí dentro.

Sim, o pai desistiu de você. A mãe também, em algum momento. Mas que se foda, Bea. Eu não desisti.

E quer saber?

VOCÊ.

TAMBÉM.

NÃO.

E então o pai disse "Pode ficar com eles".

E então a mãe agiu como se ter a gente não fosse exatamente uma bênção.

E então o Darren obviamente preferia não ter que ficar com a gente. E. Daí.

Seu coração é mais forte que qualquer uma dessas mágoas. Mesmo as que você mesma causou.

Não acredita em mim? Coloque a mão no peito. Jure fidelidade a si mesma. O que esse coração está fazendo? O que ele está dizendo para você?

Foi o que pensei.

Agora, meu coração precisa de umas respostas.

Escrevo mais em breve.

Assunto: É assim que termina e começa
De: Ezra <e89898989@ymail.com>
Para: Bea <b98989898@ymail.com>
Data: qua., 24 de abr. 22:22

Então, tenho muita coisa para contar. Estou tentando lembrar de tudo.
É o seguinte:

A aula termina. Digo ao Terrence que combinei de me encontrar com o Joe. Ele parece um pouco surpreso, mas também não quer agir como se a gente precisasse passar todos os minutos juntos só porque estou morando com ele. Estou contando com isso.
Mandei uma mensagem para o Joe logo depois de escrever para você mais cedo.
Eu precisava de um motorista.

Primeiro peço ao Joe que me leve até em casa, para garantir que a mãe não está lá.
Depois peço ao Joe que me leve ao escritório onde ela trabalha.
Estou contando que, agora que o prazo da declaração de impostos acabou, vai ter pouca gente lá. Lembro que ela falava disso o tempo todo no jantar, que as férias de verão dos contadores começava no dia 16 de abril. Não que ela passasse o verão com a gente.
Fico esperando dar cinco da tarde. Só tem dois carros além do dela no estacionamento. Quando entro, não tem ninguém na recepção. Aquela sala, a da recepção, é a sala de que mais me lembro. Porque sempre que a escola fechava por algum motivo e ela tinha que nos levar para o trabalho era ali que ela nos deixava o dia todo. Lembra como era chato?

Juro, parece que eles ainda têm as mesmas revistas. Quase abro uma para ver se encontro algum rabisco seu. Então me dou conta de que só lembro dos rabiscos porque ela gritava com a gente por causa deles. Não na recepção, não com outras pessoas por perto. Mas assim que entrávamos no carro. Lembro de sentir tanta vergonha. Lembro de achar que eu tinha estragado tudo, que todas as pessoas que foram legais com a gente na recepção deviam estar pensando que éramos monstros. Tínhamos estragado as revistas deles!

Preciso circular um pouco pelo lugar para achar o escritório dela. Não tenho nenhuma lembrança de ter feito nada de divertido aqui, só de esperar obedientemente que ela terminasse para que pudéssemos ir para casa. Confiro de novo se meu celular está ligado, caso eu precise acionar o Joe para uma fuga rápida.

A porta é daquele vidro fosco, então consigo ver a mãe lá dentro. Parece que ela está se preparando para ir embora. Fico ali um tempinho, observando essa visão embaçada dela, nossa mãe reduzida a cor e movimento, apenas a sugestão de uma pessoa. Então abro a porta e a vejo de verdade.

Ela se assusta por alguém estar abrindo a porta e fica ainda mais assustada quando vê que sou eu.

Ela diz meu nome?

Ela diz o quanto está arrependida?

Ela agradece a Deus por eu estar de volta?

Não. Ela diz:

— O que você está fazendo aqui?

Como se eu fosse algo que caiu da estante do seu passado e quebrou no chão do seu presente.

— Estou aqui pra conversar — respondo. — Só isso.

Território neutro, Bea. Achei que o escritório seria território neutro. Eu queria que fosse uma transação de negócios, não um drama. E talvez eu tenha achado que ela ainda teria um resquício do comportamento profissional do dia, como nas vezes que recebia uma ligação de trabalho em casa e parecia a pessoa mais sensata e equilibrada do mundo falando com o colega.

Eu estava certo quanto a ela estar se preparando para ir embora. Já está com o casaco na mão, a bolsa no ombro.

Ela diz:

— Se quer conversar, pode passar lá em casa depois, quando todos estivermos lá.

Todos. Reparo que você não está incluída nessa conta. Mas nem falo nada porque, como eu disse, estou tentando manter a conversa profissional.

— Não — digo a ela. — Quero conversar só com você.

Embora não seja de propósito, estou bloqueando a saída.

Percebo que ela está botando a cabeça para funcionar... outras pessoas talvez ainda estejam ali, e é provável que seja melhor me manter em um ambiente controlado. Ela faz sinal para que eu entre, então larga o paletó e a bolsa em uma cadeira ao lado enquanto eu fecho a porta.

Vai até o outro lado da mesa, e por um segundo acho que vai sentar e me dizer para sentar à sua frente, como se eu estivesse lá para falar sobre uma auditoria ou para fazer um planejamento financeiro para o próximo ano fiscal. Mas ela fica em pé. Só quer a mesa entre nós.

— Não sei o que te dizer — ela afirma. — Desde que a sua irmã foi embora, você está com um comportamento deplorável. Eu esperava que isso fosse te libertar da influência dela, mas parece que essa influência só aumentou.

— Isso não tem nada a ver com ela.

— Não mesmo? Sua irmã está virando você contra nós. E você acredita em tudo o que ela diz. Para você, a Beatrix nunca erra. Mas ela erra e *muito*, Ezra. Só que você não quer enxergar.

— Isso não é verdade! — respondo.

Ela olha para mim do mesmo jeito que deve ter olhado quando eu estava aprendendo a escrever e achava que "casa" se escrevia com "z".

— Deixa eu adivinhar — ela diz. — Você veio até aqui para acusar a mim e ao Darren de ter destruído a sua vida. De ser pais horríveis. Você preferia ter sido criado pelo seu pai. Seu pai santo, seu paizinho inocente. Ou talvez tivesse se virado melhor sozinho. Pelo jeito é o que a Bea acha. E tudo o que ela acha você acha também. Você sempre foi assim, sempre indo atrás dela, sempre imitando o que ela fazia. Ela precisava de um Band-Aid, você queria um também. Ela insistia que estava com febre, você fazia a mesma coisa. E, quando tirávamos a temperatura de vocês e mostrávamos que nenhum dos dois estava com febre, isso não importava. Tudo o que importava era o que a sua irmã estava *sentindo*. Eu achava que ia passar quando você crescesse, e durante um tempo pareceu ter passado. Sua irmã perdeu o controle, mas você não foi atrás dela. Isso foi um alívio, mas agora não, Ezra... agora vocês dois estão sendo terríveis.

Isso me parece um pouco injusto.

— *Nós* estamos sendo terríveis? — falo com raiva. — O Darren praticamente me espancou na frente dos vizinhos do Terrence aquele dia, e *nós* estamos sendo terríveis.

— Vocês são terríveis quando nos provocam. Você não pode dizer que não nos provocaram. Colocar fogo na casa! Eu tive que contar que tinha deixado o rolo de papel-toalha ao lado da boca acesa do fogão. Foi o que eu disse para os bombeiros. Para proteger você, Ezra. Você. E aquela criancice que você fez com as coisas da minha bolsa... isso é o que uma criança de quatro anos faria para chamar a atenção. Acho que é mais que compreensível que o Darren tenha ficado chateado com o seu comportamento e com o quanto você tem sido ingrato. Você só precisava entrar no carro quando pedimos, Ezra. Depois do que fez, depois do incêndio, acho que fomos mais do que compreensivos te chamando de volta. O Darren estava tão irritado com você, e eu não culpo ele. Mas ele estava disposto a deixar você voltar. Ele me disse isso. Você jogou essa oportunidade no lixo.

— Eu não acredito que estamos tendo essa conversa! Você está ouvindo o que está dizendo?

— Eu sei que você acha que sabe de tudo, Ezra, mas você não sabe. O Darren tem sido meu porto seguro de um jeito que você não seria capaz de entender. Ele salvou nossa família depois da crueldade do seu pai. Eu não teria conseguido sozinha. O que eu tinha para dar não era infinito, e vocês dois precisavam de *tanto*. Às vezes eu dizia a mim mesma que seu pai não fazia ideia da situação. Mas em outras eu achava que ele sabia bem o que estava fazendo, indo embora exatamente quando as coisas estavam ficando difíceis. Bom, o Darren aceitou esse desafio. Se eu fosse ele, teria fugido para longe, para bem longe, mas ele não fugiu. Ele me amou quando eu achava que ninguém me amaria. E ainda me ama. Não é minha culpa se vocês nunca gostaram disso. Vocês me queriam só para vocês, e não é assim que as coisas funcionam, Ezra. O Darren sempre tentou tratar você e a Bea como se fossem filhos dele, embora nunca tenham se esforçado nem o mínimo para retribuir.

Não consigo me conter. Grito:

— Ah, não fode!

Como era de esperar, ela explode dizendo:

— Olha a boca!

Lembra quando o Darren disse isso para você, e você respondeu: "Como eu posso olhar para alguma coisa que eu não estou vendo? Por acaso tem alguma legenda aqui por acaso?"

Quase digo a mesma coisa.

— Não, mãe, olha *você* a boca. Olha para todas as mentiras de *merda* que saem da sua boca. Quando eu tinha quatro, ou dez, ou até quatorze anos, talvez eu tivesse acreditado. Mas agora, não.

Ela bate a mão na mesa.

— Eu não sou obrigada a ficar aqui ouvindo insultos...

Bato na mesa também.

— É SIM. Você é obrigada a ficar aqui e me dizer por que escolheu amar o Darren, e não a nós. Você é obrigada a ficar aqui e me ouvir dizer que isso nunca fez sentido para nós, ele ser tão bom com você e tão terrível com a gente. Você é obrigada a ficar aqui e me explicar por que você nos escondeu do nosso pai. Você é obrigada a me fazer entender por que não fez nada, nada, nada enquanto o Darren nos atacava e destruía nossas coisas, e nos destruía, e nos magoava, e garantia que nunca, nunca nos sentíssemos à vontade na nossa própria casa.

Você quer me dizer que ele é o seu porto seguro? Ele te salvou? Bom, só isso *não deveria ter sido motivo para ficar com ele*. Eu não entendo... você *nos roubou do nosso pai*. E para quê? Para que a gente sofresse sob as suas condições, e não sob as dele? A Bea achou ele, mãe. Nós sabemos o que aconteceu.

Ela faz que não com a cabeça.

— Vocês não fazem ideia. Nem imaginam.

— O quê? *Me conte.*

Foi como se algo nela se partisse bem diante dos meus olhos. Depois de viver com a mãe e observá-la durante a minha vida inteira, de alguma forma ela surgiu com uma expressão nova, de clareza e ferocidade. Sabemos como fica uma mãe urso quando defende o filhote. Mas como ela fica quando se defende dele?

— Vocês não fazem ideia de como seu pai era! — ela grita. — Vocês *não fazem ideia* do que ele fez com a gente. Eu protegi vocês dois disso. Se tem uma coisa que vocês têm que reconhecer é isso. Até o coração frio, perverso e egoísta de vocês tem que reconhecer isso. Não faço ideia de como a Bea encontrou o pai de vocês ou o que ele anda dizendo para ela, mas vou te dizer uma coisa: ele nunca colocou os interesses de vocês acima dos dele. Foi ele quem quis ter filhos, mas quando teve mudou de ideia. Ele disse que eu *amarrei* ele... bom, deixa eu te dizer uma coisa, Ezra, se eu amarrei o seu pai, não soube fazer um nó bem-feito. Quando eu estava grávida da sua irmã, tinha noites em que ele não voltava para casa, e suas desculpas nem se davam ao trabalho de ser realmente desculpas. Não, elas vinham em forma de culpa. Ele dizia que estava procurando fora de casa porque eu estava chata. Ou que estava precisando de uma noitada porque não aguentava mais ficar em casa. O homem que não gastava um minuto sequer tentando me compreender não perdia a oportunidade de dizer que eu não compreendia ele. E quer saber como eu era boba? Eu tentava melhorar! Não importa o que ele diz para vocês agora, eu fiz de tudo o que podia e o que não podia para agradá-lo, para que ele ficasse. Fazia comida. Nunca reclamava. Dizia que ele estava certo mesmo quando ele estava errado. E sabe do que adiantou? Quando contei que estava grávida de você, ele respondeu dizendo que já tinha engravidado outra, e que não poderia estar em dois lugares ao mesmo tempo. Então adivinhe qual lugar ganhou, Ezra. Adivinhe por que você nunca viu seu pai. Se agora, quinze anos depois, você e a sua irmã querem comparar nós dois, com certeza vou sair perdendo, porque fiz mil coisas erradas enquanto ele não fez nada. Ele não merecia fazer parte da nossa vida. Se eu ia carregar esse fardo, ele não ia ficar com um grão sequer da recompensa. Nada que você disser vai me convencer do contrário. Ele sempre soube o que estava fazendo. E agora se ele está voltando como quem não quer nada, dizendo que é melhor do que eu... bom, sinto muito. Não vou aceitar isso. E, se você aceitar, é porque infelizmente criei um filho ingrato.

Reajo à única parte à qual sei como reagir naquele momento. Digo a ela:

— Ele não está voltando.

Ela revira os olhos.

— Não? Então o que ele quer, aparecendo agora?

— Ele não apareceu. Ele está morto.

Naquele momento, mais uma expressão nova vem à tona. Mas não chega a tomar forma totalmente. Ela hesita. Coloca a mão na cadeira para se equilibrar.

— O quê?

Eu deixo de atacar e passo a explicar as coisas em um tom diferente.

— Ele está morto. Morreu ano passado.

— Mas a sua irmã...

— A Bea foi até lá porque nosso irmão entrou em contato com ela. O que tem a minha idade.

— Preciso sentar — ela diz, e se senta. — Não estou entendendo.

— Meu pai está morto. Mas para falar a verdade isto não tem nada a ver com ele. A questão aqui são as coisas que aconteceram muito antes de descobrirmos sobre ele.

— Como poderia não ter nada a ver com ele? Do que você está falando, Ezra?

— Estou falando que a questão aqui é o Darren.

Ela solta o braço da cadeira e levanta a mão para que eu pare.

— Não. Pare. Eu não vou aceitar que você jogue sua ingratidão em cima de mim agora. Não é hora para isso.

Agora é minha vez de ficar furioso.

— Nunca é hora para isso.

— O Darren sempre foi bom comigo.

— Eu sei. Mas ele nem sempre foi bom com *a gente*.

— Porque vocês não são bons com *ele*.

— Mas nós somos as *crianças*!

A mãe faz que não com a cabeça.

— A Bea não é mais criança faz tempo. Ela é uma adolescente egoísta e agressiva que arrancou cada milímetro de felicidade da nossa família.

— Você acha isso? Você acha isso mesmo?

Ela solta um suspiro.

— Sim, Ezra. Eu acho.

— Todas as vezes que o Darren gritou com a gente, foi cruel com a gente... no domingo, quando ele me esmurrou... Você acha que a culpa é *nossa*?

— Não estou dizendo que sempre concordo com o jeito dele de lidar com as coisas. Conversei com ele sobre isso. Mas você provocou. Vocês dois sempre provocam ele.

— Como a gente faz isso?

— Tentando colocar fogo na casa? Roubando de mim? Fazendo com que ele fosse *preso*, Ezra? Se isso não é provocação, não sei o que é.

— Que tal autodefesa?

Ela ri.

— *Ah, por favor.*

É a gota d'água, Bea. Percebo que ela nunca, nunca vai enxergar as coisas do nosso ponto de vista. Mesmo que esteja certa sobre nosso pai, e desconfio que esteja mesmo, isso não justifica tudo o que aconteceu depois. Pode explicar, mas não justifica.

— Você precisa abrir mão do Darren — digo, embora saiba exatamente qual vai ser a resposta.

E é claro que ela responde:

— Não vou fazer isso. Por que eu faria isso?

— Então você vai ter que abrir mão de mim. A Bea já foi embora. Agora eu vou também.

— Pare de falar besteira. Agora você pode estar escolhendo esquecer todos os momentos que passamos juntos. Pode estar escolhendo ignorar o fato de que nós criamos vocês, nós sustentamos vocês e demos a vocês muitas das qualidades que agora você acha que são totalmente o oposto do que somos. Você pode apagar tudo isso da sua mente, por conveniência, como sua irmã escolheu fazer. Mas não pode mudar o fato de que somos sua família.

Onde ela estava morando todos esses anos, Bea? O que ela estava vendo?

Digo:

— Você nunca me ouve, mas precisa me ouvir agora. Porque o que estou dizendo é o seguinte: vocês não são mais a minha família. Eu tenho a Bea. Eu tenho o Terrence e a família dele. Tenho outros amigos, e vou encontrar outra família. Se você quer terminar isso mal, podemos terminar bem mal. Você pode tentar me obrigar a voltar para casa. E posso chamar a polícia sempre que o Darren me ameaçar ou partir para o ataque. Posso tratar de fazer com que a cidade inteira saiba o que está acontecendo, e não importa o quanto vocês falem mal de mim por aí, a verdade vai recair, pelo menos algumas vezes, sobre vocês. Neste momento, odeio vocês dois. Não queria isso. Não quero viver assim. Nunca vou sentir nada que não seja ódio por ele. Mas por você? Talvez eu sinta pena, e parta daí. O tempo vai dizer. Mas agora estou fora. Assim que eu sair por aquela porta, você vai ligar para o Darren e pedir que ele te leve para jantar fora. Enquanto vocês estiverem no restaurante, vou tirar duas horas para ir lá em casa e pegar umas coisas no meu quarto. Pode ser que a Bea volte para pegar as dela... não sei. O que sei é que sua condição de mãe não é mais um direito que você tem automaticamente. É algo que você precisa merecer. Começando agora.

A voz dela é calma. Determinada.

— Eu sou sua mãe. Sempre vou ser.

— Sim — admito. — Isso é um fato e está sob seu controle. Mas o que ele significa está sob meu controle.

Ela empurra a cadeira para trás e me encara.

— Como foi que eu criei dois filhos tão rancorosos?

E desta vez quem ri sou eu. Principalmente porque ela parece mesmo não saber.

— Acho que é uma coisa que aprendemos em casa — respondo.

Naquele instante, ela faz uma coisa que quase me destrói. Olha pra um porta-retrato na mesa, com uma foto nossa, Bea. Nós, um do lado do outro em um balanço, você mais no alto, eu rindo perto do chão. Ninguém está nos empurrando. Estamos nos balançando sozinhos.

— Vou embora agora — digo com a voz suave. — Se quiser me ligar para gritar ou exigir, ou ameaçar, por favor, não se dê ao trabalho. Se quiser me ligar para conversar, talvez eu não atenda de cara. Mas uma hora pode ser que eu atenda. Vamos ver.

Ela não assente. Nem faz que não. Ela não reage de nenhuma forma. É como se estivesse ouvindo uma música na sala ao lado.

Só quando eu chego à porta ela fala.

— Ele morreu mesmo? — pergunta.

— Morreu.

— Você tem certeza que não é invenção da sua irmã?

— Tenho certeza — respondo. — A Bea nunca inventaria uma história dessa para mim.

Ela balança a cabeça de novo. Acho que ela acredita em mim, mas não consegue acreditar no mundo.

Saio. Quero acreditar que ela percebe minha ausência.

Desculpa, preciso fazer uma pausa aqui.

Tá. O que acontece em seguida. Seguro meus sentimentos enquanto caminho pelo escritório, caso encontre alguém. O Joe ainda está esperando no estacionamento. Ele começa a me bombardear de perguntas assim que entro no carro.

— Vai, mete o pé — eu digo. — *Vai*.

Preciso reconhecer que ele não diz nada durante um ou dois minutos. Então rompe o silêncio para perguntar:

— Para onde estamos indo?

Só começo a chorar depois de dizer:

— Para casa.

Peço a ele que fique de tocaia, mas ele insiste em vir comigo. Porque não temos a menor ideia do que a mãe vai fazer. Se ela contar ao Darren, ele vai invadir a casa o quanto antes.

— Eu protejo a retaguarda — diz o Joe, como se estivéssemos em um filme de guerra. É fofo e irritante ao mesmo tempo.

Depois que fui embora, em algum momento meu quarto foi saqueado, assim como o seu.

— Meu Deus — Joe resmunga quando entramos e nos deparamos com uma pilha no meio do quarto com tudo que estava nas minhas gavetas.

— Preciso de uns sacos de lixo.

— Vou pegar — Joe se oferece. E eu penso, ah, sim, ele deve saber onde encontrar.

Eu só fico uns dois minutos sozinho no quarto, dois minutos para avaliar quinze anos e decidir o que vale a pena levar. Foi assim que você se sentiu, Bea, na noite em que foi embora? Como você soube o que levar e o que deixar para trás?

O Joe volta com o pacote inteiro de sacos de lixo.

— Bem... antes sobrar do que faltar — ele diz. (Quer dizer, é claro que ele ia dizer isso.)

Mas sabe de uma coisa? Eu sigo esse conselho. Levo tudo que tem importância para mim, por menor que seja. Deixo para trás camisetas que nunca uso e livros que não vou ler mais. Quando encontro o esconderijo de cartões de aniversários antigos, de antes do Darren, pego um ou dois que a mãe me deu. Me pergunto se ela vai perceber.

Levo tudo que ganhei de você.

Quando termino, depois de ter passado pelo banheiro e pela sala, temos seis sacos de lixo cheios. Joe leva os sacos até o carro enquanto confiro se não esqueci nada. Meu quarto já não parece mais meu. É só mais um cômodo da casa da mãe e do Darren.

Antes de levar o último saco para baixo, o Joe diz:

— Acho que eles não vêm.

Concordo. Acho que nenhum de nós realmente acreditava que conseguiríamos fazer isso sem nenhuma briga.

Enquanto ele leva o último saco até o carro, entro no seu quarto com mais um. Tento pegar algumas coisas que sei que você gostava, como o unicórnio e o Banco Imobiliário que sempre jogávamos com peças que a gente mesmo fazia e talvez um ou dois desenhos que fiz para você quando era criança. Acho que, se duraram tanto tempo, merecem durar um pouquinho mais. Tem algumas fotos suas com o Joe, e com a Sloane, e com algumas pessoas que não conheço... peguei essas também. É melhor você ficar com elas do que a mãe e o Darren jogarem fora depois.

Também levo todos os seus livros da Anne de Green Gables. Se não quiser ficar com eles, eu fico. Eu sempre pegava esses livros emprestados, há um tempão.

Ouço alguém tossir do lado de fora e levo um susto. Mas é só o Joe, mantendo a distância, como se o seu quarto fosse um lugar sagrado. Sei que não é mais sagrado para você, mas talvez ainda seja para ele e para mim. Tenho certeza de que ele quer que eu o convide a entrar, mas não faço isso. Só digo que estou pronto para ir embora.

A maior parte dos sacos agora está na garagem do Joe. Não achei que seria uma boa aparecer na casa do Terrence com sete sacos de lixo grandes abarrotados. Comecei com um, e vamos ver aonde vai dar.

O Terrence ficou um pouco chateado quando contei o que tinha feito com o Joe. Dei a entender que o Joe foi o escolhido porque ele dirige. Mas, sinceramente? Ainda tem coisas da nossa família que espero que o Terrence nunca saiba. Não quero que grande parte da nossa história esteja ali sempre que ele olhar para mim. Quero que ele seja parte do que veio depois, não do que veio antes.

(Quem sabe? Talvez o Patch possa ser isso para você.)

Então, considerações finais: O que me desanima agora, o que me deixa chateado, não é o que eu fiz, mas sim a incerteza do que vai acontecer a partir de agora. Estou exausto, Bea. Totalmente exausto. Mas é claro que eu tinha que te contar tudo isso antes de dormir.

Neste momento, você é a única família que eu tenho.

Assunto: Família
De: Bea <b98989898@ymail.com>
Para: Ezra <e89898989@ymail.com>
Data: qua., 24 de abr. 23:22

Querido Ezra,

Aqui é a sua irmã mais velha. Tudo vai ficar bem. Escrevo mais logo. Amo você.

Um beijo,
Eu

Assunto: Pedido de desculpas da Bea
De: Bea <b98989898@ymail.com>
Para: footballjoe08@gmail.com
Data: qui., 25 de abr. 00:01

Querido Joe,

Não sei como começar este e-mail, então aqui vai. Obrigada por estar dando uma força para o Ezra. Isso é muito importante para mim. Você tem sido um grande amigo para nós dois, apesar de eu nem sempre ter sido a amiga que você merecia.

O que me leva ao seguinte:

Me desculpa por tudo. Me desculpa por ter ido embora sem dizer nada. Me desculpa por ter magoado você. Estou bem agora, mas eu tinha que sair daí por motivos que você pode ou não compreender. Problemas em casa. Me desculpa por eu não ter falado nada quando estávamos juntos.

Eu deveria ter sido sincera com você sobre várias coisas. E eu não deveria ter ficado com você por causa do acidente. Você merece mais.

Um beijo,
Bea

Assunto: De: Bea
De: Bea <b98989898@ymail.com>
Para: terrrrrrence@gmail.com
Data: qui., 25 de abr. 00:14

Oi, Terrence.

Obrigada por defender o Ez. Sei que você não fez isso por mim, mas quero dizer o quanto isso é importante. Tudo. Já passou da hora de eu agradecer por tudo que você e seus pais estão fazendo por ele. Sei que você nunca foi muito com a minha cara, mas tinha muita coisa que a gente não podia contar para ninguém. Nem para você, nem para o Joe. Espero que entenda isso e nunca use isso contra o Ez. Pelo que conheço de você, por ele, você nunca faria isso. Vocês têm sorte de ter um ao outro.

E você tem sorte de ter pais legais que abrem a boca para dizer coisas que não sejam ameaças ou como você é uma decepção como ser humano. Desconfio que eles também não sejam do tipo que batem no filho.

Muito obrigada,
Bea

Assunto: De: sua antiga melhor amiga
De: Bea <b98989898@ymail.com>
Para: sloanexxxx@gmail.com
Data: qui., 25 de abr. 00:36

Sloane,

Sim, sou eu. A Bea. Uma voz vinda do além.

Quero pedir desculpas por ter ido embora daquele jeito e sem te avisar. Desculpa por não ter te contado um monte de outras coisas também.

Espero que você esteja bem. Sem ressentimentos sobre o Joe. Sem ressentimentos sobre nada. A vida é curta demais.

bjs
Bea

Assunto: De: sua filha
De: madelynwooster@ymail.com
Para: anneahern72@gmail.com
Data: qui., 25 de abr. 01:03

Querida Anne,

Aqui é sua filha.

Beatrix Ellen Ahern, só para lembrar caso você tenha esquecido.

Aquela que morou com você durante dezoito anos e há pouco tempo abandonou você e o Darren e o lar infernal que vocês criaram juntos. A filha que você nunca pensou que chegaria muito longe. De quem você desistiu há anos.

Não sei ao certo por que você desistiu de mim. Talvez a culpa tenha sido minha, embora seja difícil imaginar alguém desistindo de uma criança de cinco anos. Minhas memórias vão até aí. Você decepcionada. Você irritada. Você me ignorando. Você me tratando com frieza durante horas e depois dias. Você me dizendo que eu era uma decepção. Me dizendo tudo o que fazia por mim, e que era assim que eu agradecia. Quando eu tinha *cinco* anos. E muito novinha para saber como deixar você feliz.

Ou.

Talvez tenha sido culpa sua. Talvez você simplesmente não devesse ser mãe. Você não me disse isso mais de uma vez? "Eu não devia ter tido filhos."

Não que eu deseje nunca ter existido, mas tenho que concordar com você. Você não devia ter tido filhos.

Fiquei sabendo que você já quis ficar comigo o bastante para me tirar do meu pai, que pelo jeito não me queria, mas depois mudou de ideia e *quis*, ou era o que ele dizia. E depois você teve o Ezra, e o nosso pai acabou descobrindo, mas a essa altura você pelo jeito nos queria tanto que mudou meu nome e nosso sobrenome, e nos escondeu, e se recusou a deixar que ele tivesse qualquer tipo de relacionamento com os filhos. Ou talvez não tivesse a ver com a gente? Talvez tivesse a ver com ele? Talvez você só estivesse punindo o meu pai por não me querer desde sempre.

De qualquer forma, e qualquer que tenha sido seu motivo, tudo isso é uma merda. Você acha que sabe quem é durante toda a vida e de repente descobre que é outra pessoa com outro nome e com um pai que era bom e que podia ter vivido uma vida completamente diferente. O que sempre foi o seu sonho: uma vida diferente. Qualquer vida diferente da que você teve.

A gente podia ter vivido essa vida, o Ezra e eu. A gente merecia conhecer o nosso pai. Ele morreu ano passado. Ele procurou por nós, mas agora nunca vamos conhecê-lo. Se você não nos queria, por que simplesmente não deixou que a gente ficasse com ele? A gente podia ter morado com ele, uma pessoa que nos queria, e amado você de longe.

Quando você quiser começar a ser mãe, fiquei à vontade. Não por mim, porque já é tarde demais, mas para o Ezra, seu filho.

Atenciosamente,
Madelyn Sierra Wooster

p.s. Este endereço de e-mail vai se autodestruir em 24 horas. Não espero que você responda. Não preciso que você responda. Escrevi isso para que você saiba como eu me sinto.

Assunto: De: a Martha que sabe tudo
De: Bea <b98989898@ymail.com>
Para: patchaaronr@gmail.com
Data: qui., 25 de abr. 11:14

Querido Patch,

Obrigada por ter me apoiado quando eu mais precisei. Estou correndo o risco de parecer uma boba sentimental aqui, mas você nunca vai saber o quanto isso foi importante para mim.

Não fique se achando por causa disso.

Enfim, vamos nos encontrar hoje à noite, então vou ser breve. Eu precisava dizer isso. E também isto aqui:

A vida é curta. É curta demais para tentar fazer os outros felizes vivendo o sonho deles. Acredite em mim. Como você sabe, além de ser uma grande gostosa, tenho sabedoria para dar e vender, e sei por experiência própria. Não a parte dos sonhos, porque nunca tive nenhum até agora, mas a parte de tentar-fazer-os-outros-felizes. O problema em tentar fazer isso é o seguinte: as pessoas que querem que você faça algo por elas não são pessoas felizes. Se estão te pedindo uma coisa que você não quer fazer e que não tem a ver com você, elas só vão ficar felizes por um minuto e logo vão arrumar outra coisa para te pedir.

Como uma pessoa me disse um dia, se você não gosta da sua vida, faça algo para mudar. Para de reclamar e seja a mudança que quer ver no mundo. Você merece mais.

Por que não dizer simplesmente "Ei, pai, amo você e sei que você quer que eu jogue basquete, mas isso me faria infeliz". Na minha visão, é ele ou você nesse caso, e às vezes é preciso escolher a si mesmo.

Fim do sermão.

Ah, a propósito, você ronca. Você diz que não, mas ronca. E alto.

Mas tudo bem. Isso faz de você um pouco menos perfeito e um pouco menos lindo, e portanto mais fácil de conviver.

Até daqui a pouco.

Um beijo,

Bea (também conhecida como pessoa anteriormente conhecida como Martha)

Assunto: De: sua amiga desaparecida Bea Ahern
De: Bea <b98989898@ymail.com>
Para: franco@francositmarket.com
Data: qui., 25 de abr. 13:28

Querido Franco,

Desculpa por ter ido embora daquele jeito. Você e a Irene são as melhores pessoas que já conheci, e só me ofereceram generosidade no momento que eu mais precisava. Mas também acho que todos nós precisamos de generosidade, não importa o que a gente esteja passando. Vocês não foram generosos só porque sentiram pena desta pobre garota perdida, mas porque é assim que vocês são.

Estou escrevendo para que vocês saibam que estou bem. E para perguntar se posso voltar a trabalhar para vocês. Também adoraria alugar meu quarto de novo, se estiver disponível, mas entendo se vocês não quiserem arriscar ter uma funcionária e uma inquilina que simplesmente vai embora sem mais nem menos. Não tem problema nenhum se não puderem fazer isso. Eu sempre vou ser grata por tudo o que vocês fizeram por mim.

Mas vou ficar em St. Louis. E gostaria de guardar dinheiro para a faculdade. Talvez seja um tiro no escuro, mas não vou pensar nas coisas que talvez eu não consiga fazer. Eu ouvi isso a vida inteira, o que eu não consigo fazer. Estou pronta para ver o que consigo.

Sua amiga,
Bea

Assunto: formatura e perguntas sobre a escola de Beatrix Ahern
De: Bea <b98989898@ymail.com>
Para: VPSoutherly@whcommunityschools.edu
Data: qui., 25 de abr. 13:54

Querido vice-diretor Southerly,

Para responder à sua pergunta, sim, tem havido problemas em casa. Tem havido problemas em casa há muitos e muitos anos. Isso não justifica eu ter abandonado a escola há várias semanas, mas os problemas em casa são um dos principais motivos da minha ausência.

Sei que faltam três semanas para a formatura, e perdi mais do que isso, mas queria descobrir se existe alguma chance de compensar esse tempo. Se existir, eu entro em contato com os professores diretamente, ou isso é algo que o senhor faz? Se for tarde demais para eu me formar com a minha turma, tem opção de curso de férias? Ou o senhor recomenda que eu faça algum exame para comprovar competência?

Qualquer informação que o senhor possa me mandar seria incrível. Estou pensando em tentar entrar na faculdade e quero entender o que eu preciso fazer e se essa é mesmo uma possibilidade para mim.

Minha vida inteira me disseram que eu nunca seria nada. Quase todo mundo que eu conheço acha que não sirvo para nada. Não estou arranjando desculpa, mas é verdade. Acredito que eu também achei que não servia para nada. Mas não vou mais pensar assim.

Uma última coisa. Se o senhor desconfiava que estávamos com problemas em casa, e pelo jeito o senhor desconfiava mesmo, o Ezra e eu teríamos agradecido o seu apoio. Não devemos ser os únicos alunos que o senhor já conheceu com pais desajustados e vidas desajustadas, mas espero que da próxima vez o senhor confie na sua intuição e tente saber mais, investigue e se recuse a desistir até descobrir o que está realmente acontecendo.

Atenciosamente,
Beatrix Ahern

Assunto: notícias da sua irmã
De: Bea <b98989898@ymail.com>
Para: LONDON WOOSTER <l89989889@ymail.com>
Data: qui., 25 de abr. 14:12

Caro London,

Obrigada por me mostrar a sua casa aquele dia e por me apresentar à sua mãe. Por favor, agradeça a ela também.

Então, parece que vou ficar um pouco em St. Louis. Vou levar um tempo para me acostumar a estar aqui, tipo *estar aqui* de verdade, ser uma moradora do Missouri, e não sei com que frequência vamos conseguir nos encontrar. Não quero excluir você da minha vida, mas essa história toda virou meu mundo de cabeça para baixo, e eu simplesmente não sei o quanto vou conseguir fazer agora ou mais para a frente. Não sei exatamente o que você quer de mim, mas preciso saber o que eu consigo e não consigo fazer. Quero ser sincera com você porque, se a gente quiser ter algum relacionamento, isso é importante.

Mas prometo não desaparecer.

E quem sabe? Talvez a gente se encontre de novo no parque das tartarugas.

Um abraço para você e para a sua mãe. Você é um garoto legal e, aconteça o que acontecer, estou feliz por ter te conhecido.

Um beijo,
Bea

Assunto: De: Madelyn
De: Bea <b98989898@ymail.com>
Para: Bea <b98989898@ymail.com>
Data: qui., 25 de abr. 14:51

Querido pai,

Eu jamais teria desistido de você. Sei que é fácil para mim dizer isso, mas é verdade. Lamento que você tenha aberto mão de seu direito à paternidade, mas agradeço por ter tentado encontrar o Ezra e a mim, pelo menos por um tempo. Espero que sua vida tenha sido feliz. Espero que você tenha amado a Amelia e ela tenha amado você, e que você tenha sido um pai tão bom quanto o London diz.

Eu queria ter conhecido você, mas acho que conheci um pouquinho, e isso já é alguma coisa.

Não se preocupe com o Ezra e comigo. Estamos bem. Apesar de tudo pelo que passamos e de tudo que enfrentamos agora, apesar do Darren e da mãe e de toda a nossa infância de merda, vamos ficar bem. Vamos mesmo. Eu acredito nisso agora.

Vamos ficar bem para cacete.

Com amor,
Abelhinha

Assunto: Querida Madelyn
De: Bea <b98989898@ymail.com>
Para: Bea <b98989898@ymail.com>
Data: qui., 25 de abr. 15:22

Querida Madelyn:

Eu vejo você.

Eu sou você.

Mas não você.

Porque eu sou eu. A eu que não lembra do pai que você teve. Que viveu com a mãe todos esses anos e nunca soube que alguém quis me encontrar ou sequer que eu estava perdida.

Talvez eu ainda esteja perdida.

Ou talvez não.

Talvez eu esteja exatamente onde deveria estar. E talvez eu não tivesse chegado até aqui se tudo isso não tivesse acontecido, se eu não tivesse me perdido e me encontrado, me perdido e me encontrado.

Tá, eu não costumo ser poética assim. Mas você entendeu.

Lamento que sua mãe tenha te sequestrado, mas se eu não tivesse vivido a vida que tive — a minha vida, não a sua — eu não seria esta eu.

E posso falar a verdade? Esta tem seu valor. Na verdade, eu gosto dela. Pela primeira vez na vida, eu gosto dela de verdade.

Um beijo,
Bea

Assunto: Família
De: Bea <b98989898@ymail.com>
Para: Ezra <e89898989@ymail.com>
Data: qui., 25 de abr. 18:01

Querido Ez,

Como eu disse, tudo vai ficar bem. Você vai ficar bem, eu vou ficar bem, e nós vamos ficar bem. Sei que você está exausto e inseguro. Eu também estou. Mas também estou orgulhosa para caralho de nós dois por termos saído de lá e nos afastado da mãe e do Darren. Não é fácil fazer isso, e não é algo que possamos fazer sozinhos, por mais que a gente odeie precisar dos outros.

Vou ficar aqui em St. Louis. Estou morrendo de medo, e animada, e nem imagino o que vai acontecer. Mas pelo menos foi uma decisão minha.

Se você precisar de mim, posso voltar. Sério mesmo, eu entro em um ônibus e me mando. É só falar. Ou você pode vir para cá. Eu sempre vou ter um lugar para você. Isso não é uma despedida. Isso é uma decisão minha.

Escrevi para a mãe. Não ficou com tanta raiva como o esperado, mas eu coloquei para fora. Não tive resposta, mas também não estava esperando por uma. Às vezes só precisamos falar.

Também estou conversando com o Southerly sobre repor minhas aulas para que talvez, quem sabe?, eu consiga me formar. Vou voltar para o Franco, e meu endereço vai ser:

Beatrix Ahern
A/C Mercado Italiano do Franco
5183 Wilson Avenue
St. Louis, MO 63110

Também consegui comprar um celular pré-pago. Quem sabe a gente pode conversar? O número é 314-555-2322. Ah, e tenho um e--mail novo: beatrixahern@gmail.com. Você pode usar o novo a partir de agora ou pode usar este. Não vou excluir esta conta porque me apeguei um pouco. Ele tem sido a corda de salvamento que me liga a você.

Eu amo você, Ez. Você é minha família e a pessoa mais importante do mundo para mim.

Ah, e mais uma coisa.

É incrível quando outra pessoa nos vê de verdade, nosso eu verdadeiro, mas — e talvez essa seja a coisa mais profunda que eu já pensei ou disse — talvez o importante seja enxergarmos a nós mesmos.

A imagem que eu tinha de mim sempre foi distorcida pela imagem que os outros tinham de mim: a mãe, o Darren, o Joe, a Sloane, meus professores. É fácil começar a se ver como os outros nos veem, acreditar na imagem que eles pintam de nós, mas pela primeira vez na vida estou olhando para mim mesma. *Quem é a Bea?* Ela é engraçada e inteligente. Mais inteligente do que pensava. Ela é criativa e resiliente e consegue resolver as coisas sozinha. Ela é uma trabalhadeira. Ela sabe ser sexy. (Desculpa você ter que ouvir isso, Ez, mas é verdade.) Ela tem uma risada ótima. Ela gosta de rir. Ela quer aprender. Ela quer ser uma boa irmã. Ela quer ser uma pessoa generosa que ajuda os outros. Ela não quer ser isolada como uma ilha. Ela quer poder chorar e que alguém diga que vai ficar tudo bem, ainda que ela não precise disso.

Pela primeira vez, gosto do que vejo.

Um beijo da sua irmã,
Bea

Assunto: Durante o café
De: Ezra <e89898989@ymail.com>
Para: Bea <b98989898@ymail.com>
Data: qui., 25 de abr. 19:34 (Horário Padrão do Leste)

Que estranho você ter que viajar até aí para ver a Bea que eu conheço. Mas eu entendo. Às vezes é disso que precisamos. Estou feliz por você ter encontrado essa Bea.

Não vou mentir: meu desejo era que você estivesse aqui. Entendo por que você não está e vou viver com isso. Mas sempre vou querer te ter aqui comigo.

Nesse meio-tempo, aconteceu o seguinte:

Finalmente tomei um café com a Jessica Wei. Nos encontramos depois da escola, e assim que ficamos fora do alcance das outras pessoas a conversa começou.

— Você não voltou para casa, né? — ela perguntou.

Eu disse que não, que estava na casa do Terrence por enquanto.

— Ótimo — ela disse. — Isso é um alívio.

Então ela começou a contar que ela e o Terrence eram amigos quando crianças, e o quanto ela amava ficar na casa dele porque por algum motivo a mãe dela não achava que brincar de massinha era uma boa, e parecia que a mãe do Terrence comprava massinha nova toda semana. Pensei: *Tá, agora estamos falando sobre infância*, então tentei pensar em histórias legais para contar para ela também, mas foi difícil. Me concentrei nos projetos de artes que fazíamos na escola, que eu nunca levava para casa porque sabia que a mãe e o Darren nunca iam colocar na geladeira. Uma vez fiz uma caixa de palitos de sorvete e escondi embaixo da cama, onde ela ficou coberta de poeira. A mãe deve ter jogado fora. Acabei esquecendo da caixa, e, quando lembrei, ela não estava mais lá.

Não contei essa história para a Jessica. Em vez disso, contei sobre quando a cantina me emprestou todo tipo de frutas e vegetais redondos para minha maquete dos planetas em órbita. Como era feita de frutas, ela não precisaria perguntar o que aconteceu com a maquete depois.

Chegamos à The Coffee Tree (a Sloane não estava lá) e nos sentamos. Quase na mesma hora, Jessica ficou séria. Tipo, superséria.

— É o seguinte — ela disse, antes mesmo de beber um gole. — Nem imagino o que você sabe sobre mim, ou sobre a minha família. Mas vou te contar. Meu pai era um alcoólatra violento, *bem* violento. Ele costumava espancar meu irmão e me dava uns empurrões, mas não chegava a me bater de verdade. Quando entramos na adolescência, meu irmão começou a agir como ele. Meu pai tinha uma regra de que nada que acontecesse na nossa casa deveria ser comentado fora dela. Meu irmão achava que podia impor essa regra também. E eu fiquei de mãos atadas. Sem saber o que fazer mesmo. Porque eu sabia que, se eu contasse pro meu pai o que meu irmão estava fazendo, ele ia matar o meu irmão. Eu sei que isso parece radical, mas era o que eu *sentia*. Sabe? Eu não acreditava que minha mãe ia tomar uma atitude. Ela estava com as mãos atadas também. Então a coisa ficou tão grave que não tinha mais como esconder.

— Ele quebrou sua mandíbula — eu disse.

Jessica não pareceu surpresa.

— Pelo jeito você ficou sabendo dessa parte. Todo mundo ficou. Ele quebrou minha mandíbula. Arrancou alguns dentes. Me deixou sangrando no meu quarto. Eu me virei, enfaixei o rosto, bem mal, aliás, e fui para a escola no dia seguinte. Assim que me viram minhas amigas me levaram para a enfermaria. Eu disse à enfermeira que tinha caído da escada. Ela olhou para mim e disse "Essa escada tem nome?". E foi a gota d'água. Não sei por quê. Talvez porque minhas amigas estavam lá e obviamente não acreditavam no que eu dizia. Talvez porque a enfermeira me deu uma abertura que ninguém nunca tinha dado. Mas foi isso. Um momento catártico. Contei para ela o que tinha acontecido. Ela chamou o orientador. Ele perguntou se eu conseguia pensar em alguém que pudesse me ajudar, e dei o telefone da minha tia. Irmã da minha mãe. A mulher mais forte que me veio à cabeça. E, quando eles ligaram para contar o que tinha acontecido, ela nem se abalou. Não duvidou de mim nem por um segundo. Veio na hora. E de repente minha mãe e eu estávamos morando no quarto de hóspedes da casa dela. Minha mãe na cama, eu em um colchão inflável. Mandaram meu irmão para um internato, e ele está melhor agora. Ou pelo menos parece estar. Sempre que nos encontramos é esquisito.

Jessica parou. Olhou para mim. Então continuou:

— É isso que eu quero te falar, Ezra. É por isso que quero que você saiba por que eu quis conversar. Porque eu sei mais ou menos o que você está enfrentando. Talvez não seja a mesma coisa. Mas é parecido. Não é?

Assenti.

— Então o que eu aprendi foi o seguinte. Um: Não tem motivo para esconder o que aconteceu com você, porque esses maus-tratos que você sofreu são vergonha para eles, que te agrediram, não para você. Dois: Fazemos parte de um grupo em que nunca quisemos estar, o grupo das pessoas que quase foram destruídas e que descobriram que têm força para sobreviver. Temos que estender a mão uns aos outros sempre que pudermos. E três: Sempre que você estiver no fundo do poço, tem como sair. Seu agressor não vai querer que você saiba disso, mas outras pessoas podem te ajudar a sair. Como o Terrence. Ou os pais dele. Ou sua irmã. Ela sabe o que está fazendo.

Fiquei sem palavras, Bea. Eu só conseguia dizer "É". E de novo: *"É"*.

O que me invadiu naquele momento, o que me invade agora que estou escrevendo isso, não foi só o reconhecimento, a compreensão. Foi mais. Porque eu não só me sentia conectado com o que ela estava dizendo, eu me sentia conectado com a forma como ela dizia. No passado. Eu pensava sobre tudo o que você e eu vivemos no passado. Todas as coisas que aconteceram com a gente — elas não estão mais *acontecendo*.

Elas *aconteceram*. E isso não garante nada, e não apaga todas as dores da nossa vida, mas também parece que provamos que as histórias podem mudar. A história que estamos contando agora não é a que escreveram para a gente, a história que nos obrigaram a viver. Chegamos a uma página em que a narrativa toma um rumo melhor.

Eu disse tudo isso à Jessica. Ela assentiu, e concordou, e entendeu. Entendeu de verdade. No fim, perguntou:

— E o que você vai fazer?

Uma pergunta que talvez eu não soubesse responder antes. Mas agora eu tinha uma resposta. Tenho uma resposta.

E é isso que quero te contar:

Eu vou ficar, Bea.

Eu vou ficar e depois vou embora.

Vou terminar este ano. Vou contar com a generosidade dos pais do Terrence. Vou evitar nossa casa, nossa mãe, nosso padrasto. Vou fechar o ciclo e preparar o terreno para manter o Terrence e a Jessica e algumas outras pessoas na minha vida.

Depois vou até você, Bea. Eu vou.

Você é a única família que eu tenho. Você é a única família que eu quero.

Não sei como, mas sei que vamos conseguir.

Você vai para a faculdade. Eu vou continuar indo para a escola. De algum jeito, vamos construir a vida que nunca nos deram, e ser quem queremos ser.

Vou enviar agora.

Te ligo daqui a alguns minutos.

Um brinde ao futuro.

Ez

AGRADECIMENTOS

Como o Ezra e a Bea, não teríamos conseguido sozinhos. Agradecimentos sinceros aos nossos agentes brilhantes e incomparáveis, companheiros nesta jornada, Kerry Sparks e Bill Clegg. E também à casa do nosso *Me leve com você*, a Penguin Random House — incluindo Melanie Nolan, nossa editora, e também Barbara Marcus, Judith Haut, Emily Harburg, Jake Eldred, Arely Guzmán, Dominique Cimina, Mary McCue, Jillian Vandall, Morgan Maple, Barbara Perris, Janet Renard, Nancee Adams, Artie Bennett, Ray Shappell, Alison Kolani, John Adamo, Caitlin Whalen, Megan Mitchell, Kelly McGauley, Jules Kelly, Janine Perez, Elizabeth Ward, Jenn Inzetta, Kate Keating, Whitney Aaronson, Adrienne Waintraub, Kristin Schulz, Pam White, Jocelyn Lange, Lauren Morgan e Catherine Kramer. Também agradecemos ao incrível Tito Merello pela bela capa. E a Ben Horslen e à equipe maravilhosa da Penguin Random House UK por ser nossa casa no Reino Unido. Obrigada também Sylvie Rabineau e Anna DeRoy, da WME, por acreditar em nós e na nossa história. E quanta gratidão por Janet Geddis e pela Avid Books, e também pela Book Loft em Amelia Island, Flórida, pela Once Upon a Bookseller em Saint Marys, Georgia, e pela Books & Books, de Mitchell Kaplan, em Miami. Também pela Little City Books, pela Books of Wonder e por todas as livrarias independentes, livreiros, professores e bibliotecários do planeta. Não poderíamos fazer o que fazemos sem vocês. Vocês são nossos super-heróis.

Temos a sorte de sermos abençoados com famílias e amigos maravilhosos, que nos apoiam, nos incentivam, nos inspiram e nos amam.

Jennifer é eternamente grata pelo marido e eterno primeiro leitor, Justin Conway, por ser sua alma-gêmea, o melhor dela e seu lar. E por seus filhos e gatos literários — Rumi, Scout, Linus, Luna, Kevin, Zelda e Roo, e pela grande Lulu, que já se foi, a alma felina mais linda que já existiu. Escrever não é mais a mesma coisa sem a Rainha Lulu sentada ao lado de Jennifer (ou em cima do teclado) e bocejando para a tela.

Jennifer também é grata por sua família amada, principalmente por Bill Niven, pai de aluguel, avô e encantador de gatinhos, e pela prima-
-irmã Lisa von Sprecken (batatinhas!). Por seus irmãos honorários, Angelo Surmelis e Joe Kraemer, e irmãs honorárias, Ronni Davis, Kerry Kletter, Lisa Brucker, Beth Jennings White, Grecia Reyes e Kami Garcia. Por seus primeiros leitores e seu feedback inestimável — Adriana Mather, Annalise von Sprecken, Kenzie Vanacore e Lila Vanacore. Pelas incríveis Kenzie, Lila e Violeta Morales Fakih, com quem a Jennifer tem a sorte de trabalhar com frequência. Por Adriana Mather, James Bird, Jeff Zentner, Emily Henry, Brittany Cavallaro, Kerry Kletter, Angelo Surmelis, Danielle Paige e sua parceria tão estimada. E por Claudia Dane-Stroud, Patrick Dane e Aaron Dane pelos jantares caseiros, pela amizade e pelo amor felino. E por Angelica Carbajal e Stacy Monticello por serem lugares tão incríveis.

Agradecimentos infinitos aos pais da Jennifer, Penelope Niven e Jack F. McJunkin Jr., por tudo o que eles significam para ela, nesta terra e além. Por ensiná-la a acreditar em si mesma. Por ensiná-la que não existem limites. Por um amor infinito e incondicional, que ainda a rodeia, embora eles não estejam mais aqui. *Amo vocês mais que as palavras podem expressar.*

David está escrevendo seus agradecimentos na escrivaninha do pai, enquanto a mãe está na cozinha, gritando para ele que o cardeal está no comedouro dos pássaros. É perfeito. O fato de que todas as peças de sua vida se encaixem tão bem se deve completamente a eles. Ele também fica muito feliz ao pensar no sorriso do seu pai ao ver este livro publicado; ele ficou muito feliz com a notícia quando o projeto começou — porque o David estava tão entusiasmado por escreve com a Jennifer, e também porque ele estava finalmente, *finalmente*, colaborando com alguém cujo sobrenome vinha depois do dele em ordem alfabética.

Como costuma acontecer com o David, grande parte deste livro foi escrita na presença de outras pessoas, muitas vezes elas também estavam escrevendo. Então agradeço a Billy Merrell, Nick Eliopulos, Zack Clark, Andrew Eliopulos, Nico Medina, Anica Rissi, Mike Ross, Ben Lindsay, Caleb Huett, Elizabeth Eulberg, Justin Weinberger e aos fornecedores de café da Think e da City of Saints. Agradeço também a todos da Scholastic.

Por fim, Jennifer e David gostariam de expressar sua profunda gratidão aos leitores. Vocês são mais importantes para nós que as palavras podem expressar.

ESTA OBRA FOI COMPOSTA POR OSMANE GARCIA FILHO EM BEMBO
E IMPRESSA PELA GRÁFICA BARTIRA EM OFSETE SOBRE PAPEL PÓLEN SOFT
DA SUZANO S.A. PARA A EDITORA SCHWARCZ EM ABRIL DE 2022

A marca FSC® é a garantia de que a madeira utilizada na fabricação do papel deste livro provém de florestas que foram gerenciadas de maneira ambientalmente correta, socialmente justa e economicamente viável, além de outras fontes de origem controlada.